La novia secuestrada
Barbara Dunlop

HARLEQUIN™

Editado por Harlequin Ibérica.
Una división de HarperCollins Ibérica, S.A.
Núñez de Balboa, 56
28001 Madrid

I.S.B.N.: 978-84-687-9516-4
Depósito legal: M-5841-2017
Impresión en CPI (Barcelona)
Fecha impresion para Argentina: 20.11.17
Distribuidor exclusivo para España: LOGISTA
Distribuidores para México: CODIPLYRSA y Despacho Flores
Distribuidores para Argentina: Interior, DGP, S.A. Alvarado 2118.
Cap. Fed./Buenos Aires y Gran Buenos Aires, VACCARO HNOS.

Capítulo Uno

Una pesada puerta de metal se cerró con estré-
pito detrás de Jackson Rush, y el sonido reverberó
en el pasillo de la cárcel de Riverway State, en el
noreste de Illinois. Jackson echó a andar por
el gastado linóleo mientras pensaba que la prisión
sería un decorado perfecto para una película, con
los barrotes de las celdas, los parpadeantes fluorescentes y los gritos procedentes de los pasillos.

Su padre, Colin Rush, llevaba casi diecisiete
años encerrado allí por haber robado treinta y cinco millones de dólares a unos inversores mediante
su particular esquema Ponzi. Lo habían arrestado
el día en que Jackson cumplía trece años. La policía irrumpió en la fiesta, que se celebraba en la
piscina. Jackson todavía veía en su imaginación la
tarta de dos pisos cayendo de la mesa y estrellán-
dose contra el suelo.

Al principio, su padre proclamó su inocencia.
La madre de Jackson había llevado a su hijo al juicio todos los días. Pero pronto se hizo evidente la
culpabilidad de Colin. No era un brillante inver-
sor, sino un vulgar ladrón.

Cuando uno de sus antiguos clientes se suicidó,
perdió el favor del público y fue condenado a veinte años. Jackson no lo había vuelto a ver.

Llegó a la zona de visitas pensando que encontraría bancos de madera, tabiques de plexiglás y auriculares telefónicos, pero se encontró con una habitación bien iluminada que parecía la cafetería de un instituto. Había doce mesas rojas con cuatro taburetes cada una. Algunos guardias deambulaban por ella. La mayoría de los visitantes parecían familiares de los presos.

Un hombre se levantó de una de las mesas y miró a Jackson. Este tardó unos segundos en reconocer a su padre. Había envejecido considerablemente y tenía el rostro surcado de arrugas, así como entradas en el cabello. Pero no había error posible: era él. Y le sonreía.

Jackson no le devolvió la sonrisa. Estaba allí contra su voluntad. No sabía por qué su padre había insistido en que fuera a verlo, cada vez con más urgencia. Al final, había cedido para que le dejara de enviar mensajes y correos electrónicos.

—Papá —lo saludó, tendiéndole la mano para no tener que abrazarlo.

—Hola, hijo —dijo Colin con los ojos brillantes de emoción mientras se la estrechaba.

Jackson vio a un segundo hombre sentado a la mesa, lo cual le molestó.

—Me alegro de verte —añadió Colin—. Jackson, te presento a Trent Corday. Somos compañeros de celda desde hace un año.

A Jackson le pareció muy raro que su padre hubiera llevado a un amigo a la reunión con su hijo, pero no iba a desperdiciar ni un minuto en pedirle aclaraciones.

–¿Qué quieres? –preguntó a su padre.

Suponía que lo iban a dejar en libertad bajo fianza. Si era así, no estaba dispuesto a ayudarle a salir antes de la cárcel. A su padre le quedaban tres años de condena y, en opinión de su hijo, merecía pasarlos allí.

Había perjudicado a decenas de personas, a su esposa entre ellas. Después del juicio se había dado a la bebida y al consumo excesivo de analgésicos. Había muerto cinco años después de un cáncer, justo cuando Jackson acababa el instituto.

–Siéntate, por favor –dijo su padre indicándole uno de los taburetes–. Trent tiene un problema –añadió al tiempo que él también tomaba asiento.

–Se trata de mi hija –explicó Trent–. Yo llevo aquí tres años. Se trata de un error…

–Ahórrese las explicaciones –le espetó Jackson.

Diecisiete años antes había oído las interminables protestas de su padre defendiendo su inocencia. No estaba dispuesto a escuchar las mentiras de un desconocido.

–Es una víctima –afirmó Trent al tiempo que se metía la mano en la camisa de algodón azul–. Se trata de la familia Gerhard. No sé si la conoce.

Jackson asintió.

–¿No es preciosa? –preguntó Trent mientras depositaba una foto en la mesa.

Jackson la miró. La mujer era, en efecto, muy guapa, de veintitantos años, pelo castaño rojizo, sonrisa franca y ojos verdes.

–Va a casarse con Vern Gerhard. A los Gerhard se les conoce bien aquí dentro. Vern es un timador y un sinvergüenza, al igual que su padre y su abuelo.

En su trabajo, Jackson había conocido a muchas mujeres que se habían casado con el hombre equivocado, y a más aún que no contaban con la aprobación paterna del esposo elegido. Pero aquello no tenía nada que ver con él.

—¿Qué es lo que quieres tú de mí? –preguntó mirando a su padre.

—Queremos que impidas la boda –contestó Colin.

—¿Y por qué iba a hacerlo?

—Porque Vern va detrás del dinero de mi hija.

—Su hija es una persona adulta –afirmó Jackson volviendo a mirar la foto.

Debía de tener veintiséis o veintisiete años. Con un rostro como el suyo y mucho dinero, ella tenía que saber que iba a atraer a algún perdedor. Y si aún no se había dado cuenta, no había nada que Jackson pudiera hacer.

—No sabe que la están engañando –apuntó Colin–. Es una mujer que valora mucho la sinceridad y la integridad. Si supiera la verdad, no querría volver a ver a ese tipo.

—Pues dígaselo –apuntó Jackson dirigiéndose a Trent.

—No quiere hablar conmigo –respondió este–. Y no me haría caso.

—¿Para esto me has hecho venir? –preguntó Jackson a su padre, al tiempo que se levantaba.

—Siéntate.

—Por favor –rogó Trent–. Hace años, puse a su

nombre acciones de una mina de diamantes, pero ella no lo sabe.

Por primera vez desde que había entrado en la sala, a Jackson le picó la curiosidad.

—¿No sabe que es dueña de una mina de diamantes?

Ambos hombres negaron con la cabeza.

Jackson agarró la foto. La mujer no parecía ingenua, sino inteligente, pero era guapísima. En sus ocho años de detective privado, había comprobado mujeres con esa belleza se convertían en objetivo de indeseables.

—Escúchanos, por favor, hijo.

—No me llames así.

—De acuerdo, como quieras.

—Aquí dentro se oyen cosas —afirmó Trent—. Y los Gerhard son peligrosos.

—¿Más que vosotros dos?

—Sí.

Jackson vaciló durante unos segundos. Había comenzado a interesarle el asunto. Volvió a sentarse.

—Han averiguado lo de la mina —explicó Trent.

—¿Cómo lo sabe?

—Por un amigo de un amigo. Hace un año, en la mina Borezone se halló una prometedora veta. Unos días después, Vern Gerhard estableció contacto con mi hija. Está a punto de hacerse pública una valoración sobre lo descubierto en la mina, y el valor de las acciones se disparará.

—¿La mina la explota una empresa pública?

—No, una privada.

–Entonces, ¿cómo se ha enterado Vern Gerhard del descubrimiento?

–Por amigos, contactos dentro de la industria, rumores… No es tan difícil si sabes dónde preguntar.

–Podría tratarse de una coincidencia.

–No lo es –respondió Trent airado–. Los Gerhard se enteraron del descubrimiento y fueron a por mi hija. En cuanto se firme el certificado de matrimonio, le robarán todo.

–¿Tiene pruebas? ¿Está seguro de que él no está enamorado? –preguntó Jackson. Con esa sonrisa fresca y esos ojos inteligentes, muchos hombres se enamorarían de ella, tuviera o no dinero.

–Para eso te necesitamos –apuntó su padre.

–Para que saque a la luz el engaño –afirmó Trent–. Investigue y cuente a mi Crista lo que encuentre. Convénzala de que la están timando e impida la boda.

Crista. Se llamaba Crista.

A pesar de sí mismo, Jackson estaba empezando a pensar en cuánto tardaría en echar una ojeada a los negocios de los Gerhard. En aquel momento, no había mucho trabajo en la oficina de Chicago de Rush Investigations, por lo que tendría tiempo de hacerlo.

–¿Lo harás? –preguntó Colin.

–Le echaré una mirada por encima –contestó su hijo mientras se metía la foto en el bolsillo. Trent fue a protestar porque se la llevaba, pero se lo pensó mejor.

–¿Nos mantendrás informados? –preguntó su padre.

De pronto, a Jackson se le ocurrió que podría ser un ardid de su padre para que estuviera en contacto con él. Al fin y al cabo, era un excelente timador.

—La boda es el sábado —observó Trent.

—¿Este sábado? —preguntó Jackson. Solo faltaban tres días—. ¿Cómo no habéis empezado a actuar antes?

¿Qué esperaban que lograra en tres días?

—Lo hicimos —afirmó Colin.

Jackson apretó los dientes. Su padre llevaba un mes intentando que fuera a verle y él no le había hecho caso. Al fin y al cabo, no le debía nada.

—No es mucho tiempo —dijo al tiempo que se levantaba—.Veré lo que puedo hacer.

—No puede casarse con él —declaró Trent con vehemencia.

—Es una persona adulta —dijo Jackson.

Investigaría a los Gerhard, pero si Crista se había enamorado del hombre equivocado, no habría nada que su padre ni nadie pudiera hacer para que cambiara de idea.

Crista Corday se balanceó frente al espejo de cuerpo entero y el vestido de novia, de encaje y sin mangas, le rozó suavemente las piernas. Llevaba el pelo recogido formando rizos y trencitas e iba muy bien maquillada. Incluso la ropa interior era perfecta: de seda blanca.

Reprimió una carcajada ante lo absurdo de todo aquello. Era una diseñadora de joyas que se estaba abriendo camino y vivía en un sótano. No era de las que llevaban diamantes ni se casaban en la magnífica catedral de Saint Luke, ni de las que se enamoraban del soltero más codiciado de Chicago.

Sin embargo, todo eso le había sucedido. No tenía nada que envidiar a Cenicienta.

Llamaron a la puerta del dormitorio de invitados de la mansión de los Gerhard.

—¿Crista? —llamó una voz masculina. Era Hadley, primo de Vern y uno de los acompañantes del novio.

—Entra.

Le caía bien Hadley. Era unos años más joven que Vern. Era un muchacho divertido y simpático, más alto que la mayoría de los hombres de la familia, atlético, guapo y de cabello rubio, con un largo flequillo. Vivía en Boston, no en Chicago, pero visitaba la ciudad con frecuencia.

Hadley entró en el dormitorio. Crista había pasado la noche allí; Vern lo había hecho en su piso del centro. Tal vez fuera por influencia de Delores, la madre de Vern, una mujer religiosa y conservadora, pero Crista había insistido en que Vern y ella no se acostaran juntos hasta la luna de miel. Vern había aceptado de mala gana.

—Estás estupenda —dijo Hadley.

—Eso espero —contestó ella riéndose y extendiendo los brazos—. ¿Sabes lo que cuesta todo esto?

—La tía Delores no habría consentido que fueras vestida de otra manera.

—Me siento una impostora.

—¿Por qué? —preguntó él acercándose.

10

—Porque me crie en un barrio modesto.

—¿Crees que no formas parte de nuestro círculo?

Ella se volvió para mirarse en el espejo. La mujer reflejada en él era y no era ella a la vez.

—¿Tú crees que formo parte de él?

—Si lo deseas… —las miradas de ambos se encontraron en el espejo—. Pero aún no es tarde.

—¿Tarde para qué?

—Para volverte atrás —Hadley parecía hablar en serio, pero tenía que estar bromeando.

—Te equivocas —ella no quería volverse atrás; ni siquiera lo había pensado. No sabía por qué estaban hablando de eso.

—Pareces asustada.

—Lo estoy por la boda. Seguro que me tropiezo mientras recorro la nave. Pero no me asusta el matrimonio.

Se casaba con Vern, el inteligente, respetuoso y educado Vern; el hombre que había invertido en su empresa de diseño de joyas, que la había introducido en el mundo de la riqueza, que se la había llevado una semana a Nueva York y otra a París. Todo en él era fantástico.

—¿Y tus futuros suegros?

—Me intimidan, pero no me asustan —contestó ella sonriendo.

—¿Y a quién no? —Hadley sonrió a su vez.

Manfred Gerhard era un adicto al trabajo, exigente y sin sentido del humor, de voz cortante y modales bruscos. Su esposa, Delores, era remilgada y nerviosa, muy consciente de la jerarquía social, pero asustadiza en presencia de Manfred, cuyos caprichos siempre trataba de satisfacer, sumisa.

Si Vern se llegara a comportar como su padre, Crista lo despediría de una patada en el trasero. No soportaría algo así. Pero Vern no se parecía a su padre en absoluto.

—Vern está muy unido a ellos —apuntó Hadley.

—Me ha dicho que está pensando en comprar un piso en Nueva York —a ella le gustaba la idea de que Vern se alejara de sus padres, a los que quería mucho. Sin embargo, ella no se veía pasando todas las tardes de domingo en la mansión, que era lo que a Vern le gustaba.

—Me lo creeré cuando lo vea.

—Es para que yo pueda ampliar el negocio —aseguró ella.

—¿Tienes dudas sobre esta boda?

—No. ¿Por qué lo dices?

—Tal vez te quiera para mí.

—Muy gracioso.

—Yo tendría mis dudas si me fuera a casar con alguien de esta familia.

—Pues es una pena que ya formes parte de ella.

—Entonces, ¿estás segura? —Hadley la miró a los ojos.

—Sí. Lo quiero. Y me quiere. Con esa base, todo lo demás irá bien.

—De acuerdo. Entonces, si no puedo convencerte de que suspendas la boda, tendré que decirte que ya han llegado las limusinas.

—¿Ya es la hora? —los nervios se le agarraron al estómago. Se dijo que era normal, ya que iba a recorrer la nave de la catedral ante la mirada de cientos de personas, entre ellas sus futuros suegros y todas las personas importantes de Chicago.

–Te has puesto pálida.

–Ya te he dicho que me da miedo tropezar.

–¿Quieres que te acompañe?

–Eso no es lo que hemos ensayado.

El padre de Crista estaba en la cárcel, y ella no tenía un familiar varón cercano que la acompañase. Y en el tiempo en que vivían, era ridículo ponerse a buscar una figura decorativa que la «entregara» a Vern. Iba a hacer el recorrido ella sola, lo cual le parecía perfecto.

–Puedo hacerlo yo.

–No, ya que tienes que estar con Vern junto al altar porque, si no, habrá más damas de honor que acompañantes del novio. A Delores le daría un síncope.

–En eso tienes razón –concedió él mientras se estiraba las mangas del esmoquin.

–¿Han llegado los ramos de flores?

–Sí. Y abajo te buscan para hacerte fotos antes de que te vayas.

–Es la hora –dijo ella.

–Todavía podemos escaparnos por la rosaleda.

–Cállate.

–Me callo –aseguró él sonriéndole.

Crista se iba a casar. Tal vez hubiera ocurrido todo demasiado deprisa, la ceremonia fuera enorme y su nueva familia abrumadora, pero lo único que ella debía hacer era dar un paso tras otro, decir «sí, quiero» y sonreír cuando fuera oportuno.

Esa noche ya sería la señora Gerhard. Al día siguiente, a esa hora, estaría de luna de miel en el Mediterráneo. Un jet privado los llevaría a un yate para pasar unas vacaciones a tono con la familia Gerhard.

Hadley le ofreció el brazo y ella lo tomó y lo agarró con fuerza.

—Nos vemos en la iglesia —dijo él.

Vestido de esmoquin, recién afeitado y con el corto cabello meticulosamente peinado, Jackson se hallaba frente a la catedral de Saint Luke, al norte de Chicago, fingiendo que formaba parte de los invitados. Hacía un día de junio perfecto para una boda. Los invitados habían entrado en la catedral y los acompañantes del novio formaban un grupo en la escalera. Vern Gerhard no estaba. Probablemente se hallaría dentro, con el padrino, esperando a que llegara Crista Corday.

Jackson se había informado sobre ella en los tres días anteriores. Aparte de ser hermosa, era creativa y muy trabajadora. Se había criado en un barrio modesto con su madre. Trent, su padre, tenía derecho a visitarla y pasaba una pequeña pensión a la madre. Crista había ido a la universidad pública y se había licenciado en Bellas Artes. Fue en esa época cuando su madre murió en un accidente de coche.

Después de obtener la licenciatura, trabajó en unos grandes almacenes. Jackson suponía que se habría dedicado a diseñar joyas en sus horas libres.

Parecía una mujer normal, de clase trabajadora, que había llevado una vida corriente hasta conocer a su prometido. Lo más llamativo de ella era que su padre cumpliera condena por fraude, aunque tal vez no fuera tan llamativo, puesto que estaban en Chicago, y Jackson ya sabía lo que era tener a un criminal en la familia.

Le había resultado difícil emitir un juicio sobre Vern y su familia. Ejercían un enorme control sobre su presencia en los medios de comunicación. La empresa de la familia, Gerhard Incorporated, la había fundado el tatarabuelo de Vern durante la Depresión. Entonces era una ferretería, pero se había convertido en una compañía dedicada a negocios inmobiliarios. Jackson no había encontrado nada ilegal en su funcionamiento. Eso sí, eran muy oportunos a la hora de comprar propiedades, ya que solían hacerlo a precio de saldo meses antes de que una fusión de empresas, la mejora de equipamientos de un barrio o algún otro cambio dispararan su valor, lo cual había despertado la curiosidad de Jackson. Pero no había hallado nada sospechoso en ninguna compra ni podía demostrar que fueran a engañar a Crista.

A pesar de las sospechas de Trent, el idilio entre Vern y Crista parecía ser solo eso: un idilio.

—Yo diría que eso a él le va a ir muy bien —oyó que decía uno de los acompañantes del novio.

—He estado a punto de contárselo a ella en la casa —apuntó otro. Tenía los ojos castaños de los Gerhard, pero era más alto, y su llamativo peinado le hacía parecer miembro de un grupo musical.

–¿Por qué ibas a decírselo? –preguntó un terce-ro. Jackson lo reconoció: era el cuñado de Vern.

–¿No crees que merece saberlo? –preguntó el segundo, el más joven de los tres.

–¿A quién le importa? Ella está como un tren –comentó el tercero–. ¡Qué cuerpo!

–Y qué trasero –dijo el primero sonriendo.

Jackson pensó que los Gerhard tenían mucho dinero, pero muy poca clase.

–Entonces, ¿para qué necesita a Gracie? –pre-guntó el más joven–. Debería romper con ella in-mediatamente.

–¿Te conformarías solo con un sabor de hela-do? –preguntó el tercero.

–¿Para toda la vida? –añadió el primero–. A Vern le ha tocado el gordo –hizo un gesto grosero con las caderas.

–Crista es la señora y Gracie la prostituta –apuntó el tercero.

–Ella lo descubrirá –dijo el más joven.

–Si no se lo dices, no –le previno el primero.

Jackson se planteó contárselo él mismo. Pare-cía que Vern era un cerdo. Y la mayoría de sus ami-gos no eran mejores.

–De todos modos, Gracie no le durará mucho –comentó el primero.

–Vern la cambiará por otra –apuntó el tercero.

–Las amigas del tío Manfred siempre tienen veinticinco años.

–Las esposas envejecen, las amigas no.

Los dos se echaron a reír, pero el más joven no los imitó.

–Crista es distinta.

–No –dijo el primero–. Eres joven e ingenuo. Y tus novias tienen veinticinco años.

–Pero no las engaño.

–Porque no te esfuerzas.

Jackson vio por el rabillo del ojo que se aproximaban dos limusinas y aparcaban. Los amigos del novio las vieron y subieron la escalera para entrar en la catedral.

Así que Vern engañaba a Crista. Tal vez ella lo supiera y lo aceptara. O tal vez no lo supiera. O tal vez se casara con él por dinero y no le importara que le fuera fiel.

Las damas de honor se bajaron de una de las limusinas. El chófer de la otra fue a abrirle la puerta a la novia.

Crista salió. Estaba espectacular con aquel peinado de trencitas que le enmarcaba el hermoso rostro, los suaves hombros desnudos y el blanco vestido ajustado a los senos y la cintura, que realzaba su maravillosa figura.

La irritación de Jackson contra Vern aumentó. ¿Qué le pasaba a ese tipo? Si él tuviera a una mujer como Crista, ni siquiera miraría a otra.

–Ya está –dijo una de las damas de honor mientras arreglaba el ramo a Crista.

–¿Estoy bien? –preguntó ella.

–Perfecta.

El grupo se dirigió a la escalera. Crista vio a Jackson. Lo miró perpleja, como si intentara reconocerlo. Sus ojos se encontraron y para él fue como haber recibido un puñetazo en el pecho.

Los de ella eran verdes y profundos como el mar, y brillaban al sol. Parecía honrada y honorable. Jackson no tardó ni un segundo en darse cuenta de que lo que le había dicho Trent era verdad. Ella no soportaría a un marido que la engañase, lo que implicaba que no sabía lo de Vern con Gracie.

Quiso gritarle que se detuviera y que se fuera de allí porque estaba a punto de cometer un terrible error. ¿Y si le contaba la verdad sobre Vern? Al fin y al cabo, él no le debía nada a Vern. Abrió la boca para decírselo.

En ese momento, una de las damas de honor susurró algo a Crista. Ella se echó a reír y dejó de mirar a Jackson, liberándolo del hechizo. Las mujeres subieron y él perdió la ocasión.

Se dijo que era hora de irse. No podía hacer nada por Trent, salvo esperar que se equivocara. Los Gerhard eran una familia muy desagradable y, si realmente iban detrás de la mina de diamantes, Crista se vería metida en un buen lío. Él había hecho lo que había prometido, sin encontrar que los Gerhard fueran unos criminales.

Las damas de honor entraron charlando en la catedral. Crista se quedó rezagada y, de pronto, volvió la cabeza y lo miró de nuevo. Él volvió a sentir la misma emoción oprimiéndole el pecho y vio con toda claridad que se merecía algo mejor que Vern. Y que, aunque no fuera asunto tuyo, era indudable que ella no toleraría a un marido que se acostara con un montón de amantes.

La pesada puerta se cerró tras las damas de honor. Solo Jackson y Crista se quedaron fuera.

Él miró a su alrededor y confirmó que estaban solos. Antes de poder reflexionar, echó a andar a grandes zancadas hacia ella, que lo miraba con los ojos como platos totalmente sorprendida.

—¿Crista Corday?

—¿Eres amigo de Vern? —su atractiva voz le hizo vibrar el sistema nervioso.

—Por poco tiempo —respondió él al tiempo que la tomaba en brazos y echaba a andar.

—¿Qué haces? —gritó ella.

—No voy a hacerte daño.

—No irás a… ¿Qué haces? —repitió ella.

—Hay cosas de Vern que no sabes.

—¡Bájame! —ella comenzó a retorcerse mientras miraba frenética a su alrededor.

—Enseguida —le prometió él acelerando el paso.

Al llegar adonde tenía aparcado el coche, abrió la puerta del conductor, metió a Crista y la empujó hasta el asiento del copiloto y, antes de que ella pudiera reaccionar, se sentó al volante, arrancó y aceleró.

—No puedes hacer esto —gritó ella volviendo la cabeza para mirar la catedral

—Solo quiero hablar contigo.

—Voy a casarme.

—Si después de haberme escuchado aún quieres casarte, te traeré de vuelta.

Y lo haría. Trent era un criminal. Era posible que le hubiera mentido sobre los Gerhard. Así que, si a Crista le parecía bien la infidelidad de su futuro esposo, se la devolvería a Vern, a pesar de que contradijera lo que su instinto le indicaba. Lo haría.

Capítulo Dos

—Llévame de vuelta ahora mismo —gritó Crista al desconocido que la había secuestrado,

—En cuanto me escuches —respondió él. Apretaba los dientes, miraba hacia delante y agarraba con fuerza el volante mientras el coche ganaba velocidad.

—¿Quién eres? —Crista se esforzaba en no dejarse vencer por el pánico.

—Jackson Rush. Soy detective privado.

—¿Y qué investigas? —preguntó ella tratando de mantener al calma.

Jackson vio que el semáforo al que se acercaban se había puesto rojo. Tendría que detenerse. Si lo hacía, ella saltaría del coche. De hecho, Crista ya había mirado la puerta para localizar el picaporte. Y se metería en cualquier tienda llena de gente, y un empleado le prestaría un teléfono.

Ella se dio cuenta de que seguía llevando el ramo y lo tiró al suelo. No quería que la entorpeciera en su huida. La madre de Vern se volvería loca. Todos debían de haberse vuelto locos a esas alturas. ¿Nadie había visto a ese hombre llevársela?

Miró de reojo a Jackson. Tendría unos treinta años. Parecía duro y resuelto. Y no se podía negar que era atractivo y se le veía en buena forma física.

El coche redujo la velocidad. Ella levantó la mano dispuesta a agarrar el picaporte. Pero, de repente, él pisó el acelerador y giró bruscamente para tomar una calle a la derecha.

–¿Qué haces? –preguntó ella.

–¿Conoces bien a Vern Gerhard?

¿Qué pregunta ridícula era aquella?

–Es mi prometido.

–¿Te extrañaría enterarte de que te engaña?

Crista se quedó muda de asombro.

–¿A qué viene eso? –consiguió articular por fin.

–¿Te extrañaría?

–Vern no me engaña –era una idea absurda, ya que era un hombre dulce, amable y leal, que demostraba claramente que la adoraba. Y su familia era muy chapada a la antigua. Vern no se atrevería a decepcionar a su madre engañándola a ella. Mejor dicho, Vern no la engañaría porque era Vern. No tenía nada que ver con Delores.

–Llévame de vuelta –exigió ella.

–Aún no.

–Hay trescientas personas en la iglesia esperando a que recorra la nave hasta el altar.

Se imaginaba que los invitados habrían comenzado a inquietarse, y Vern a no entender nada. Ella no llevaba reloj ni móvil. ¿Qué hora era? ¿Con cuánto retraso iba a llegar a su boda?

–¿Te importaría que te engañara? ¿Sería suficiente para romper tu compromiso con él?

–No me engaña. ¿Quieres dinero? ¿Vas a pedir un rescate? Te lo pagarán, y probablemente te pagarán más si me llevas de vuelta ahora mismo.

–No se trata de dinero.

–Entonces, ¿de qué se trata? –preguntó ella esforzándose en no gritar.

–Te mereces estar segura de los sentimientos de Vern.

–No me conoces –lo miró–. ¿Nos conocemos?

–No.

Crista se exprimió el cerebro buscando una explicación.

–¿Conoces a Vern? ¿Te ha hecho algo malo?

Ella pensó que debiera estar asustada. Aquel desconocido la había secuestrado y no tenía intención de dejar que se fuera.

–No conozco a Vern.

–Entonces, ¿estás loco? Es una pregunta estúpida, ya que los locos no ponen en tela de juicio su cordura –Crista se dio cuenta de que hablaba por hablar, pero no podía contenerse.

–Empiezo a creer que sí.

–Clara señal de que no lo estás.

El lanzó una carcajada entrecortada y pareció bajar la guardia.

–¿Por qué no dejas que me vaya? Aparca, por favor, me bajaré y volveré yo sola a la catedral.

Ya debía de haber pasado un cuarto de hora. Vern estaría frenético; Delores, rabiosa. Probablemente creerían que había huido. Se preguntó qué pensaría Hadley. Tal vez que había seguido su consejo y que ya no quería casarse con Vern. Cerró los ojos y negó con la cabeza.

–Te engaña, Crista. ¿Por qué quieres casarte con un hombre que te engaña?

–En primer lugar, no me engaña. Y… –se calló durante unos segundos, como si se le hubiera ocurrido una idea–. Un momento. Si digo que no me importa, ¿me dejarás marchar?

–Si de verdad no te importa y te quieres casar con él, sí, te dejaré ir.

–Entonces, no me importa. No hay ningún problema. Puede engañarme todo lo que desee. Sigo queriendo casarme con él.

–Mientes.

–No –claro que mentía.

–No te creo.

–No me conoces ni sabes nada de mí.

–Sé que eres orgullosa.

–No tengo orgullo. Tal vez me guste compartir a mi esposo y me vaya la poligamia. Después de nuestra boda, puede que Vern se busque otra esposa y viviremos los tres felices.

–Seguro.

–¡Deja que me vaya!

–Estoy aquí porque hay alguien que se preocupa por ti, Crista.

–Ya conozco a alguien que se preocupa por mí y se llama Vern Gerhard. ¿Tienes idea de lo disgustado que estará?

–Puede que lo consuele Gracie –apuntó Jackson en tono seco.

Ella sintió un escalofrío al oír ese nombre.

–¿Qué has dicho?

–Gracie –repitió Jackson mirándole el rostro–. ¿Estás bien?

–Muy bien. ¡No! ¡Me has secuestrado!

–¿Conoces a alguien que se llame Gracie?

Crista conocía a Gracie Stolt, o al menos había oído hablar de ella. Vern había pronunciado su nombre una vez mientras hablaba por teléfono y le había dicho que era una llamada de negocios.

–No conozco a ninguna Gracie.

–Vern se acuesta con ella.

–Deja de decir eso.

El coche tomó un bache y ella se agarró al reposabrazos. Vio que habían abandonado las calles principales de la ciudad y que circulaban por una carretera arbolada. Se le ocurrió una idea horrible. ¿No sería Jackson un psicópata?

–¿Vas a hacerme daño? –preguntó con voz ronca.

–¿Qué? –volvió a mirarla–. Ya te he dicho que no voy a hacerte daño.

–Seguro que todos los asesinos psicópatas dicen lo mismo.

Las comisuras de los labios de Jackson se elevaron, como si fuera a sonreír, pero el gesto desapareció inmediatamente.

–Tenemos un conocido común. La persona que me ha enviado se preocupa por ti.

–¿Quién es?

–No puedo revelar quiénes son mis clientes. Lamento que estés asustada, pero no voy a hacerte daño. Te prometo que enseguida te darás cuenta de que es así.

Tomaron una curva y ante ellos apareció un lago. La orilla de gravilla estaba salpicada de muelles. Él se detuvo en un aparcamiento desierto.

—¿Ya hemos llegado?

—Prácticamente —le indicó con la cabeza uno de los muelles.

Un yate de motor blanco se balanceaba en él.

—¿Vas a tirar mi cuerpo al lago? —preguntó ella elevando la voz.

Él se sacó un móvil del bolsillo interior del esmoquin.

—Voy a llamar a mis empleados.

—¿Tienes móvil?

—Por supuesto.

—Entonces, llama para pedir el rescate. Mi prometido es de familia rica. Te pagarán.

Al menos, era lo que ella esperaba. Estaba segura de que Vern estaría dispuesto a pagar; su padre, no tanto.

A Jackson no le hacía ninguna gracia haber asustado a Crista. Pero estaba improvisando. Llevarla al lago Michigan era lo mejor que se le había ocurrido para mantenerla a salvo e impedir que huyera. No iba a atarla en un sótano mientras sus hombres investigaban la vida amorosa de Vern Gerhard.

—Vas a ir a la cárcel —dijo ella por vigésima vez.

Estaba de pie en la cubierta del yate mirando las mansiones de la costa que se alejaban mientras el sol se ponía. El vestido blanco hacía frufrú con la brisa y realzaba su maravillosa figura.

Ella estaba en lo cierto: se estaba arriesgando de forma estúpida. Pero la alternativa hubiera sido dejar que la boda se celebrase. Podía haberlo hecho. En realidad, era lo que debiera haber hecho, ya que no debía nada al padre de Crista ni al suyo propio. Y Crista era una desconocida. Era inteligente y había tomado una decisión con respecto a Vern. Jackson no debiera haberse inmiscuido.

–Espero que no formules cargos contra mí –dijo él colocándose a su lado.

–¿Cómo no voy a hacerlo?

Aunque él sabía que estaba asustada, lo miraba con expresión desafiante. Le impresionó su actitud.

–Porque te he hecho un favor.

–Me has arruinado la boda. ¿Sabes lo importante que era para mi suegra? ¿Cuánto se había gastado y cuánto trabajo le había dedicado?

–¿Para tu suegra?

–Sí.

–¿Para ti no?

–Bueno, claro, para mí también. Era mi boda.

–Pues es raro que menciones primero a tu suegra.

–Quería decir, que, en lo que a mí respecta, puedo casarme en el juzgado, en Las Vegas, donde sea. Pero ella tiene determinadas expectativas y quiere impresionar a sus amigos y al resto de la familia.

–Qué encantadora.

–Es lo que tiene pertenecer a la familia Gerhard –afirmó ella con tono resignado.

–Y a Vern, ¿qué le parecía una boda tan opulenta?

–Estaba encantado. Se halla muy unido a su familia y quiere hacerla feliz.

–¿Y que tú lo seas?

Crista alzó el rostro bruscamente para mirar a Jackson.

–Sí, quiere que sea feliz, pero sabe que a mi no me preocupan los pequeños detalles.

–¿Llamas «pequeño detalle» a tu boda?

Ella se encogió de hombros y él sintió el deseo repentino de acariciárselos para comprobar la suavidad de su piel. ¿No tendría frío en medio del lago?

–Me da igual que haya trescientos invitados en la iglesia que dos testigos en el juzgado.

Jackson reprimió la risa.

–No pareces la típica novia.

–Una novia típica no lleva un ramo de quinientos dólares –apuntó ella con sequedad.

–¿En serio?

–No lo sé con certeza, pero es una cifra aproximada.

–¿Y el vestido?

Ella abrió los brazos.

–Hecho a medida en París.

–¿Fuiste a París a que te hicieran el vestido?

–No seas ridículo: el diseñador vino a Chicago.

–Bromeas –dijo él riéndose.

–Y eso fue solo el principio. Llevo diamantes antiguos –ella ladeó la cabeza para mostrarle los pendientes.

Él tuvo ganas de besarla en el cuello. Era una estupidez, dadas las circunstancias, pero la curva del cuello, la línea de la mandíbula y los rojos labios eran muy sensuales.

–Y debieras verme la ropa interior.

Sus miradas se encontraron. Crista se dio cuenta de que en sus ojos había un destello de deseo. Los de ella se abrieron por la sorpresa. Él quiso decirle que daría lo que fuera por verle la ropa interior, pero se contuvo.

–Que no se te ocurra –dijo ella.

–No se me va a ocurrir –aseguró él–. No voy a hacer nada inapropiado –desvió la vista hacia la orilla del lago.

–¿Vas a llevarme de vuelta?

–Dudo que quede alguien en la catedral.

–Estarán muertos de preocupación. Habrán llamado a la policía.

–La policía no acepta denuncias de desaparición hasta transcurridas veinticuatro horas.

–No conoces a mis futuros suegros.

–Pero sí al Departamento de Policía de Chicago.

–¿Por qué has hecho esto?

–Me han contratado para investigar la integridad de Vern Gerhard.

–¿Quién lo ha hecho?

–Sigo una política estricta de confidencialidad con respecto a mis clientes.

Sacar a colación el nombre de Trent, dado que su padre y ella habían roto relaciones, sería la manera más rápida de perder por completo su confianza. Y a Jackson no le extrañaba, ya que él sentía lo mismo por su padre.

–¿Pero no tienes una estricta política de no secuestrar a gente inocente?

–Para serte sincero, es la primera vez que lo hago.

–Pues voy a denunciarte –era evidente que hablaba en serio.

Era innegable que la situación se le había escapado a Jackson de las manos, pero solo podía seguir hacia delante. Si la llevaba de vuelta, los Gerhard harían que lo detuvieran. La única esperanza que le quedaba era hallar pruebas de la infidelidad de Vern y poner a Crista en su contra.

Le sonó el móvil. Era Mac, su mano derecha.

–¿Va todo bien? –preguntó Mac.

–Sí –Jackson se apartó de Crista y le dio la espalda–. ¿Has encontrado algo?

–Hay rumores, pero ninguna prueba. Norway está investigando a Gracie.

–Me servirían unas fotos.

–Sería mejor un vídeo.

–Sí –dijo Jackson–. ¿Se está encargando alguien de la familia?

–Yo. Se han puesto en contacto con la policía, pero les han dicho que vuelvan mañana. Parece que no es tan infrecuente que una novia huya antes de casarse.

–Si Vern Gerhard es un ejemplo típico del sexo masculino, no me extraña. Supongo que tenemos hasta mañana.

Era menos tiempo del que hubiera querido, pero eso era lo que sucedía cuando se planeaba algo en el último minuto.

–¿Y después? ¿Has pensado lo que vas a hacer mañana?

–Será mejor que para entonces hallamos encontrado algo concreto.

–Sí, porque, en caso contrario, ella se convertirá en un problema.

–Un problema enorme –concedió Jackson.

Crista ya estaba enfadada, como era natural, porque le había arruinado la boda. Si no hallaban algo que incriminara a Vern, la carrera de Jackson correría peligro, e incluso su libertad.

Oyó el ruido de algo al caer al agua detrás de él.

Se dio la vuelta y comprobó que Crista no estaba. La divisó en el agua.

–¡Por favor!

–¿Qué pasa? –preguntó Mac.

–Te llamo luego –Jackson tiró el teléfono.

Ella intentaba mantenerse a flote en medio de las olas, pero se lo impedía el voluminoso vestido. Él lanzó por la borda dos chalecos salvavidas tan cerca de ella como pudo.

–¡Agarra uno! –gritó. Seguidamente, se quitó la chaqueta y los zapatos y se tiró al agua.

Estaba helada. Emergió y tomó aire. Nadó hacia ella. Al volver a mirar, había desaparecido. Miró en todas direcciones y vio algo blanco bajo la superficie. Se sumergió y extendió los brazos a tientas en la oscuridad hasta topar con el brazo de ella, que agarró con fuerza para tirar de él y sacarla a la superficie. Cuando emergieron, le rodeó el pecho fuertemente con el brazo.

Ella tosió y escupió.

—Tranquila —dijo él—. Tranquilízate.

Ella volvió a toser.

Jackson agarró uno de los chalecos y lo colocó debajo de ella. El barco estaba cerca, pero el agua estaba helada. No podría nadar durante mucho tiempo. A ella ya le castañeteaban los dientes.

Encontró el otro chaleco y se lo enrolló en el brazo con que la sostenía y usó las piernas y el otro brazo para desplazarse por el agua.

—¿Estás bien? ¿Respiras?

Sintió que ella asentía contra su pecho.

Al acercarse al yate, se dirigió a la popa, donde había una pequeña plataforma para tirarse al agua. Jackson se sintió aliviado al agarrarse a algo sólido, pues los músculos de su cuerpo comenzaban a temblarle de frío.

Sin andarse con ceremonias, puso la mano en las nalgas de Crista y la empujó para subirla a la plataforma. Ella trepó hasta poner los pies en ella. Después, él se subió a pulso a la misma y se sentó en el borde, jadeando.

—¿Cómo se te ha ocurrido? —preguntó él.

—Creí que lo conseguiría.

—¿Llegar hasta la orilla?

—No está tan lejos.

—Está a cuatrocientos metros. Y el vestido pesa como un ancla.

—La tela es ligera.

—Puede que lo sea cuando esté seca —Jackson se puso de pie. Le temblaban las piernas, pero le rodeó la cintura con el brazo y la levantó. Con los dedos entumecidos, abrió el pestillo de la verja que separaba la plataforma de la cubierta.

—Con cuidado —le dijo a ella mientras la empujaba a la cubierta.

Ella caminó con pasos vacilantes.

—Podíamos haber muerto los dos —observó él.

—Te hubiera estado bien empleado.

—¿Qué me hubiera muerto? Pues habrías muerto tú también.

—De todos modos, voy a morir.

—¿Qué? —preguntó él, desconcertado.

—Te he oído decir por teléfono que mañana por la mañana seré un problema. Y ya sabemos lo que eso significa.

—Nadie va a matarte, a pesar de que hayas intentado hacerlo tú sola.

—No puedes dejar que viva. Te denunciaría e irías a la cárcel.

—Puede que no lo hagas.

—¿Me creerías si te dijera que no voy a hacerlo?

—De momento, no.

Crista estaba reaccionando de acuerdo a las circunstancias. Si podía demostrarle la verdad, su cólera se aplacaría. Sin embargo, aún carecía de pruebas.

—Voy a demostrarte que no pretendo hacerte daño —añadió él.

Soplaba una fría brisa, y Jackson abrió la puerta del camarote.

—¿Cómo vas a hacerlo?

—Para empezar, no haciéndotelo. Vamos a buscar ropa seca.

Ella lo fulminó con la mirada.

–No voy a quitarme el vestido.

–Puedes cambiarte ahí dentro, en el cuarto de baño. Tengo camisetas y probablemente algún pantalón de chándal.

–¿Este yate es tuyo?

–Claro que sí. ¿De quién creías que era?

Ella entró en el camarote y se detuvo entre el sofá y la pequeña cocina.

–Pensé que lo habrías robado.

–No soy un ladrón.

–Eres un secuestrador.

–Sí, bueno, esa es toda la actividad criminal que he llevado a cabo hasta este momento –comenzó a desanudarse la empapada corbata–. Déjame pasar, que voy a ver lo que encuentro.

Ella se arrimó contra la encimera. Él se puso de lado para pasar y sus muslos se rozaron. Ella arqueó la espalda para evitar que le rozara los senos con el pecho, lo cual empeoró las cosas, ya que hizo que estos sobresalieran más.

Jackson fue incapaz de no mirarlos. Ella estaba empapada, tenía el cabello pegado a la cabeza y el maquillaje corrido y, sin embargo, seguía siendo la mujer más hermosa que había visto en su vida.

–Jackson… –susurró ella.

Él alzó la vista y sus ojos se encontraron. Quería acariciarle el cabello, secarle las gotas de agua de las mejillas y acariciarle los labios con el pulgar.

–Gracias –añadió ella.

Sus palabras lo sorprendieron.

–De nada –contestó automáticamente.

Durante un minuto fueron incapaces de dejar de mirarse a los ojos. El deseo se apoderó de él. Deseaba besarla… y mucho más. Y lo deseaba intensamente.

Por fin, fue ella la que apartó la mirada.

—Será mejor que…

—Sí, será mejor —él siguió adelante, pero le pareció que el roce de los muslos de ella lo había marcado a fuego.

Crista se estiró y se retorció. Levantó los brazos en todas direcciones, pero fue incapaz de desabotonarse los pequeños botones de la espalda del vestido.

—Vamos —murmuró antes de golpearse el codo contra un pequeño armario.

—¿Todo bien? —preguntó Jackson, que se hallaba a una centímetros de ella, al otro lado de la puerta.

Crista se sobresaltó y se dio en la cadera con la esquina del lavabo. Inspiró con fuerza.

—Sí —respondió.

—Yo voy a cambiarme aquí fuera.

—Gracias por avisarme.

Sin quererlo, se imaginó a Jackson quitándose la camisa y dejando al descubierto su vientre liso como una tabla y sus musculosos hombros. Se había aferrado a él en el agua y al subir al barco, por lo que había palpado lo que tenía debajo de la camisa. Su cerebro completó la imagen.

Sacudió la cabeza para apartarla y redobló sus

esfuerzos con los botones, sin resultado. No podía quitarse sola el vestido. Había dos posibilidades: seguir con él puesto o pedir ayuda a Jackson. Ambas le resultaban igualmente desagradables.

Se miró en el pequeño espejo. El vestido de novia estaba roto y manchado. Se inclinó un poco e hizo una mueca al verse el cabello. Si no se deshacía las trenzas y se lo aclaraba, probablemente tendría que cortárselo por la mañana.

—¿Estás visible? —preguntó a través de la puerta.

—Sí —contestó.

Crista abrió la puerta. El camarote estaba débilmente iluminado en torno a Jackson, que tenía el cabello mojado y estaba desnudo de cintura para arriba. Se había puesto unos pantalones de chándal y, como ella se había imaginado, tenía los músculos abdominales como una tabla.

—¿Qué pasa? —preguntó él al ver que seguía con el vestido puesto.

—No llego a los botones.

Él se puso una camiseta verde descolorida.

—Te ayudo.

La única razón de que ella lo dejara acercarse era que no podía seguir con aquel vestido. Se dijo que, si él tuviera intención de matarla, solo hubiera debido dejar que se ahogara. Sin embargo, le había salvado la vida.

Oyó sus pasos que se acercaban hasta que se detuvieron a su espalda. Él respiró hondo y la punta de sus dedos comenzó a rozarle la piel al desabotonarle el botón superior. Ella sintió un escalofrío y contrajo los músculos.

¿Qué le pasaba? Él no la atraía, sino que la horrorizaba. Quería alejarse de él y no volver a verlo.

Pero a medida que sus dedos continuaron liberando cada botón, no pudo negar que se estaba excitando. Debía de tratarse de un lamentable ejemplo del síndrome de Estocolmo. Si hubiera puesto más interés al estudiar la asignatura de Psicología, sabría cómo combatirlo.

—Ya está —dijo él con voz ronca, lo que a ella le resultó muy sexy.

—Gracias —respondió ella sin poder contenerse al tiempo que se volvía hacia él.

Se miraron a los ojos.

—No es algo que suela hacer.

Ella no entendió a qué se refería, pero no debía preguntárselo. Lo que debía hacer era volver a entrar en el cuarto de baño y encerrarse en él hasta que pudiera controlar sus emociones.

Pero él levantó lentamente la mano y le rozó el hombro antes de acariciarle el cuello y subir por el nacimiento del cabello. Sus dedos eran suaves y cálidos, su fuerza oculta por la ternura.

Ella no pudo apartarse. De hecho, tuvo que esforzarse para no ladear el cuello para que la acariciara mejor.

Él bajó la cabeza.

Ella sabía lo que vendría después.

Los labios masculinos rozaron los de ella y los besaron suavemente, probando su textura y su sabor. Una oleada de deseo se apoderó de ella. Él dio un paso adelante y le rodeó la cintura y le puso la mano, fuerte y caliente, al final de la espalda.

La apretó con más fuerza y la besó con más profundidad. Ella fue el encuentro de su lengua y se sumergió en las dulces sensaciones que la envolvieron.

Menos mal que no se había casado con Vern. Ese pensamiento hizo que se detuviera. Soltó un gritito y se separó bruscamente de él.

–¿Qué haces? –preguntó ella.

El vestido se le escurrió y ella lo sujetó, pero tardó un segundo más de lo necesario y él alcanzó a verle los senos desnudos.

Le brillaron los ojos y lanzó un bufido.

–Atrás –le ordenó ella al tiempo que se cubría.

–Tú también me has besado.

–Me pillaste desprevenida.

–Sabes tan bien como yo que eso no es verdad.

–Claro que lo es.

–Lo que tú digas.

–Voy a casarme.

–Eso he oído. ¿Estás segura de que es lo que quieres?

Ella no supo responderle. De no haber sido por Jackson, ya estaría casada con Vern. Se hallarían en el banquete, habrían cortado la enorme tarta y estarían bailando un vals de Strauss. De pronto, sintió que le fallaban las piernas y se sentó en un banco que había a su lado.

–¿La idea de casarte te da ganas de desmayarte?

–Me preocupa mi suegra. No me imagino cómo habrá reaccionado. Con todos esos invitados. ¿Qué habrán hecho al ver que no aparecía? ¿Se habrán ido a sus casas?

–¿No te preocupa Vern?

–Claro que sí.

–Pues no dices su nombre.

–Vern, Vern, Vern. Estoy muerta de preocupación por él. Debe de estar pasándolo muy mal –de pronto se le ocurrió una idea–. Tienes que llamarlo. Yo tengo que hacerlo, al menos para que sepa que estoy bien.

–No puedo dejar que uses mi teléfono.

–Porque descubrirían quién ha sido, te detendrían e irías a la cárcel. Y allí irás en cuanto le cuente a la policía todo lo que me has hecho –Crista se calló al pensar que tal vez no debiera contarles todo.

–Tengo a cinco hombres investigando –afirmó él mientras se sentaba en el banco frente al de ella. En medio estaba la mesa.

–¿El qué? –preguntó ella con curiosidad.

–La infidelidad de Vern.

–Vern no me ha sido infiel.

Jackson hizo una mueca.

–Ya, y tú tampoco me has besado.

–Dime lo que quieres. Sea lo que sea lo que sucede, por favor, acabemos de una vez para que pueda volver a casa.

–Quiero que esperes conmigo mientras averiguo qué hay entre tu futuro marido y Gracie.

–La conoce por negocios –Crista se dio cuenta inmediatamente de que había metido la pata.

–Así que sabes quién es.

Crista no iba a volver a discutir con él. Confiaba en Vern.

–¿Por qué me haces esto? –volvió a preguntarle.

–Para que decidas si quieres casarte con él o no.

–Claro que quiero.

Él bajó la vista y ella se percató de que había aflojado la fuerza con que se sujetaba el vestido y le estaba mostrando un generoso escote. Se lo ajustó rápidamente.

–Tal vez.

–No, tal vez no. Seguro.

–¿Qué hay de mal en esperar? La boda ya está arruinada.

–Gracias a ti.

–Lo que digo es que no hay mal alguno en esperar unas horas más.

–Salvo para mi prometido, que estará fuera de sí.

–Puedo ordenar a uno de mis hombres que lo llame para decirle que estás bien.

–¿Desde una cabina telefónica? –se burló ella.

–¿Quién las usa ya? Tenemos muchos teléfonos desechables.

–Por supuesto.

–¿Quieres que llame?

–¡Sí! –pero pareció pensárselo mejor–. No, espera. ¿Qué vas a decirle?

–¿Qué quieres que le diga?

–La verdad.

–Eso no puede ser.

–Entonces, dile que estoy bien, que ha ocurrido algo inesperado. No sé... –se mordió el labio inferior–. Si no es la verdad, ¿qué puedo decirle que no le parezca terrible?

–Ni idea.

–Creerá que me he echado atrás en el último momento.

–Es posible.

–No, no lo hará –Vern sabía que ella deseaba ese matrimonio.

Sin embargo, Jackson no iba a mandar un mensaje que lo incriminara. Y cualquier otra cosa daría la impresión de que ella había decidido huir. Tal vez fuera mejor no hacer esa llamada.

–¿Cuánto crees que tardaréis en averiguar que Vern está limpio?

–Puede que lo hagamos deprisa. Mis hombres son muy buenos.

–Entonces, no lo llames –dijo ella al tiempo que se levantaba–. Voy a cambiarme.

–Buena idea.

–Eso no significa que haya capitulado.

–He pensado que significaba que querías sentirte seca.

–Eso es exactamente lo que significa.

–Muy bien.

Ella se volvió para no ver su expresión de superioridad, agarró la parte delantera de su destrozado vestido, trató de adoptar una actitud digna y entró en el cuarto de baño. Sintió la mirada de él en la espalda desnuda. Jackson sabía que no llevaba sujetador y probablemente alcanzara a ver el encaje de la parte superior de las braguitas.

Sintió un calor repentino. Se dijo que era a causa de la ira. Le daba igual lo que él mirara y lo que pensara. Sería lo último que vería de ella que fuera íntimo.

Capítulo Tres

Jackson reconoció el número de Mac y se llevó el móvil a la oreja.

—¿Has encontrado algo?

—Norway ha hablado con la mujer.

—¿Ha reconocido su relación con Vern?

—Dice que no hay nada entre ellos. Pero miente muy mal. Norway ha estado medio minuto a solas con el móvil de ella y ha fotografiado algunas fotos del aparato.

—¿Hay algo que lo incrimine?

—No hay desnudos, pero hay intimidad entre ellos. Gerhard aparece rodeándola el hombro con el brazo y, por su expresión, es evidente que se han acostado. Ahora estamos peinando las redes sociales.

—Muy bien. Mantenme informado.

—¿Cómo van las cosas por ahí?

Crista salió del cuarto de baño. Seguía teniendo el pelo mojado, pero se había peinado. Se había lavado la cara y llevaba puesto un jersey de Jackson que le llegaba casi a la rodilla. No llevaba nada en las piernas.

—¿No te quedan bien los pantalones?

—Se me caen.

—Hablamos luego —dijo Jackson a Mac.

–¿Quién era? –preguntó Crista al tiempo que se sentaba al otro extremo del sofá, donde se hallaba sentado Jackson. Se estiró el jersey para que le tapara las rodillas.

–Mac.

–¿Trabaja en tu agencia?

–Sí.

Ella asintió. Parecía sentir curiosidad, pero no le preguntó nada más.

–¿Tienes miedo de preguntar?

–No.

–Han hallado fotos de Vern y Gracie.

–No es verdad.

–No lo incriminan.

–Por supuesto que no.

–Pero indican que entre ellos existe algo más que una relación de negocios.

–Si eso es todo lo que tienes, deja que me vaya.

–Es todo lo que tengo de momento –Jackson consultó su reloj–. Solo llevamos cinco horas investigando.

Ella lanzó un exagerado suspiro.

–¿Tienes hambre?

–No –contestó ella.

–Tienes que dejar de mentir.

–¿Criticas mi conducta?

–No te va a ayudar morirte de hambre –Jackson se levantó y abrió un armario de la cocina.

–No vas a conseguir que piense como tú.

–¿Por qué iba a querer hacerlo?

Deseaba convencerla de que no se casase con Vern. No, mejor dicho, no le importaba en absoluto que lo hiciera. No, tampoco era eso: Vern no la merecía. Si de algo estaba seguro, era de que Vern no se merecía a una mujer como Crista.

–Para hacerme más dócil y fácil de manipular.

Jackson encontró una bolsa de nachos.

–¿Dócil? ¿A ti? ¿No lo dirás en serio?

Ella se puso a la defensiva

–Es muy fácil llevarse bien conmigo. Me refiero en circunstancias normales.

Él también encontró un tarro de salsa para acompañar los nachos. No era mucho, pero al menos les quitaría el hambre. Si tenía suerte, habría alguna lata de cerveza en el minibar.

Se volvió. Ella se quedó inmóvil, con expresión culpable y el móvil pegado a la oreja.

Él soltó una palabrota, dejó la comida, dio dos rápidos pasos hacia ella y se lo quitó. ¿Cómo podía haber cometido un error tan estúpido?

–Nueve, uno, uno –una voz femenina surgió del aparato–. ¿Qué emergencia tiene?

Él presionó la tecla de finalización de la llamada.

–¿Qué has hecho?

–Intentar buscar ayuda –afirmó ella sin arredrarse.

Jackson llamó a Mac.

–Tengo que marcharme. Este teléfono ya no es seguro.

–De acuerdo –dijo Mac.

Jackson lanzó el móvil por la borda.

–Eso ha sido una estupidez –dijo a Crista.

–Intentaba escapar. ¿Por qué va a ser una estupidez?

43

–Tú has sido una imprudente; yo, un estúpido –la agarró del brazo e hizo que se levantara.

–¡Eh! –gritó ella.

–Escucha, insisto en que no voy a hacerte daño, pero no podías saberlo con seguridad. Podría haber sido un tipo vengativo –la arrastró al puente sujetándola por el brazo, encendió el motor y levó el ancla.

–Tenía que intentarlo –dijo ella con obstinación.

–No debiera haberte dado la oportunidad.

–Bajaste la guardia.

–Así es, lo cual ha sido una estupidez.

Por no decir una completa falta de profesionalidad. No estaba seguro de lo que la había distraído. ¿El beso? ¿Las piernas de ella? ¿Verla con su jersey?

Lo pensaría más tarde, ya que, en aquel momento, lo que le preocupaba era que la operadora tratara de localizar desde dónde la habían llamado. Arrancó el yate.

–Intentabas ser amable –afirmó ella.

–¿Pretendes que me sienta mejor por haber sido un estúpido?

–Lo que quiero decir es que te agradezco que me ofrecieras de comer.

–Pues yo no te agradezco que hayas puesto en peligro nuestra localización.

Puso rumbo al norte. Su amigo Tuck Tucker tenía una casa a orillas del lago, al norte de la ciudad, y no le importaría que utilizara el embarcadero. Tal vez le importara lo del secuestro, pero

Jackson no pensaba mencionárselo. Y si Mac y los demás no habían encontrado pruebas por la mañana, la reacción de Tuck sería la menor de sus preocupaciones.

–¿Adónde vamos? –preguntó ella.

–¿Crees que te lo voy a decir? –dijo riéndose.

–Ya no tenemos teléfono –dijo ella al tiempo que miraba la radio.

–Voy a quitarle la batería ahora mismo.

–¿De qué hablas?

–Acabas de mirar hacia la radio. Ha sido como si te pusieses un cartel que diga qué vas a intentar a continuación.

Ella lanzó un suspiro de exasperación.

–Supongo que no pensarás dedicarte a la vida criminal –se mofó él.

–Me sorprende que tú lo hayas hecho.

–Ha sido un día lleno de sorpresas.

–Para mí también.

Jackson cambió las pantallas del GPS y lo orientó hacia la costa.

–Espero que después me lo agradezcas –afirmó él–. Y ahora nos dirigimos a Wisconsin.

–¿Me llevas a Wisconsin?

–¿Qué tiene de malo?

–Que está muy lejos de Chicago. ¿Por qué me llevas allí? ¿Qué pasa? –ella intentó alejarse de él, pero Jackson la agarró con fuerza.

Lamentó haber vuelto a asustarla. En realidad, no iban a llegar hasta Wisconsin.

–Mi intención no era que estuvieras aquí. Fui a la catedral solo para echar un vistazo a Vern.

—¿Para qué?

—Para hacerme una idea de cómo es.

—¿Y por qué te importa eso?

—Me han encargado un trabajo.

—¿Quién te ha contratado?

—Da igual. Lo que importa es que tu prometido tiene relaciones con otra mujer. No puedes casarte con un hombre así.

Jackson no estaba dispuesto a decirle nada más. Hablar de su padre la alejaría aún más de él. Aún carecía de pruebas de las acusaciones de Trent. Y si Crista se negaba a aceptar que Vern la engañaba con otra, mucho menos aceptaría que pensaba quedarse con las acciones de la mina.

—Vern no es así. No sé de dónde has sacado esa idea.

—De los invitados a la boda —contestó él al tiempo que aceleraba el motor para ganar velocidad. Por suerte, la noche era clara y relativamente tranquila. Tenían que alejarse del punto desde el que Crista había hecho la llamada.

—¿Mis invitados?

—Diría que los de Vern. Parecía que lo conocían y bromeaban sobre su relación con Gracie. Pensé, sinceramente, que no podía dejar que te casaras con él, por lo que aproveché la oportunidad que se me presentó y te agarré.

Ella permaneció en silencio unos segundos.

—Así que no se trata de un delito, sino de una acción altruista.

—Sí. Para mí, lo más fácil hubiera sido marcharme.

–Aún estás a tiempo.

–Estamos en un barco.

–Pues vete nadando. O déjame en tierra y sigue navegando.

–No voy a hacerlo –la miró de arriba abajo con verdadero placer–. Para empezar, no estás vestida.

–Volveré a ponerme el vestido de novia. Me resultará incómodo, pero es mejor que seguir aquí.

–Me meterían en la cárcel.

–Exactamente. Pero eso va a suceder de todos modos.

–No en las próximas horas –era de esperar que no fuera a suceder nunca, aunque la preocupación de Jackson sobre esa posibilidad aumentaba por momentos.

–¿Cuánto falta para llegar?

–¿Adónde?

–Al lugar secreto donde me llevas.

–¿Por qué quieres saberlo?

–Porque tengo hambre.

–Vaya, ahora tienes hambre. Pues tendrás que esperar.

–Puedo comer mientras conduces el barco.

–No voy a soltarte.

–No voy a saltar.

–Eso es lo que antes creía.

–Estamos muy lejos de la orilla.

–Así es, pero seguro que ya tienes otro brillante plan: sabotear el motor o clavarme un arpón en la espalda.

–¿Llevas arpones en el barco?

–Dame fuerzas, señor –masculló él.

–¿Te molesto? –preguntó ella inclinándose hacia él–. ¿Te irrito?

–Las dos cosas.

Le molestaba porque no dejaba de discutir con él, pero la fuente de su irritación era distinta. Crista era estimulante y excitante. Era una mujer hermosa, peleona, compleja e inteligente. Lo que Jackson deseaba no era estar huyendo del lugar del delito, con ella como su prisionera, mientras analizaba la mejor manera de no acabar en prisión, sino quedar con ella en algún lugar agradable de la ciudad mientras analizaba la mejor manera de llevársela a la cama.

–Hay una solución muy sencilla –dijo ella.

–¿Dejar que te vayas?

–¡Bingo!

–Lo haré mañana, cuando veamos a Mac.

–¿Dejarás que me vaya entonces?

Jackson estaba acorralado, pero no tenía alternativa. Solo cabía esperar que Mac tuviera pruebas definitivas.

–Sí.

Crista esbozó una deslumbrante sonrisa. Una ola provocó un movimiento brusco en el yate y ella perdió el equilibrio y se apretó contra él. Sus suaves curvas y su fresco aroma hicieron pensar a Vern durante unos segundos que, por sentirlos, merecía la pena ir a la cárcel.

Crista se despertó sin saber dónde estaba. Tardó unos segundos en darse cuenta de que el cuerpo que yacía a su lado no era el de Vern. Estaba en la cama con alguien más grande, que respiraba más profundamente. Y la cama se movía debajo de ellos.

De pronto recordó que, pasada la medianoche, accedió a acostarse en la inmensa cama que había en la proa del barco de Jackson. Él seguía levantado, por lo que se tumbó en un extremo, por si ella también decidía acostarse. Era evidente que lo había hecho y que ella, mientras dormía, se había desplazado hacia el centro de la cama.

Él la abrazaba con un brazo y ella tenía el suyo sobre su pecho. Y una de las piernas entre los muslos masculinos. El jersey se le había subido hasta la cintura. Por suerte, él no se había quitado los pantalones del chándal ya que, si no, no habría entre ambos nada más que la seda de sus braguitas.

Tenía que moverse antes de que él se despertara y la descubriera en aquella postura. Debiera haberlo hecho en cuanto había abierto los ojos.

Quedarse quieta no estaba bien. Y peor aún era que le gustara. Estaba prometida. No podía gustarle el abrazo íntimo de otro hombre, por muy atlético que fuera su cuerpo, por muy bello que fuera su rostro ni por muy sexy que le resultara el contacto de su mano caliente en la cadera.

Jackson se removió y ella contuvo el aliento.

–Hola –le susurró él al oído, medio dormido, creyendo que se trataba de otra persona.

Entonces, la besó en el nacimiento del cabello.

–Yo… –empezó a decir ella, pero la besó en la boca y la abrazó.

Antes de que ella pudiera defenderse, el beso se hizo más profundo. La invadió una oleada de deseo que la separó de la realidad.

Jackson besaba de maravilla.

Él deslizó la mano hasta sus nalgas y la atrajo hacia sí al tiempo que encajaba un muslo entre sus piernas.

Tenía que detener aquello como fuera.

—Jackson —dijo ella jadeando—. No soy tu pareja. Despierta. Soy Crista.

—Ya lo sé —contestó él separándose y mirándola con sus ojos oscuros—. Y tú sabes que yo no soy Gerhard.

Ella intentó negarlo, mentir y afirmar que creía que era su prometido. ¿Qué clase de mujer se comportaría así con otro hombre? Pero no fue capaz de mentirle al tener tan cerca su aguda mirada y mientras sus corazones latían al unísono.

—Estaba confusa.

—¿Confusa sobre qué? —preguntó él con una sonrisa cómplice.

—Sobre quién eras.

—Crista, no pasa nada porque no seas sincera conmigo, pero espero que lo seas contigo misma.

—Por supuesto que lo soy.

—Afirmas que quieres a Gerhard y estás en la cama con un desconocido.

—No estoy en la cama contigo —inmediatamente se dio cuenta de lo ridículo de su protesta—. No en ese sentido. No hemos… No estamos…

Él miró hacia abajo para indicar sin palabras que estaban abrazados.

Ella se echó hacia atrás y se retorció para separarse de él.

Él puso cara de dolor

—Crista, no…

—¿Qué pasa?

—No te muevas así.

Entonces, ella entendió a qué se refería. Aunque estuvieran prácticamente vestidos, percibía cada detalle de su cuerpo. El deseo volvió a apoderarse de ella y la vergüenza le coloreó las mejillas.

—Muévete como tengas que moverte o haz lo que tengas que hacer —le exigió ella con voz ronca.

Él le puso la mano debajo de la rodilla para levantarle la pierna y dejarla sobre la cama. Pero no apartó la mano.

Ella cerró los ojos.

—Por favor —susurró.

—Tendrás que ser más específica —su voz ronca aumentó el deseo de ella.

—No podemos —pero ella lo deseaba. No recordaba haber deseado tanto a otro hombre.

—Y no lo haremos —y la volvió a tomar en sus brazos.

Ella no protestó, sino que se sintió segura entre sus fuertes brazos. El día anterior había sido una pesadilla de miedo, decepción y confusión. Y había sido culpa de él. Pero no le importaba porque, en aquel momento, se sentía consolada.

—Mac llegará dentro de unos minutos.

—¿Va a venir nadando?

—Atracamos anoche, mientras dormías.

—Entonces, ¿podía haberme escapado?

–Tendrías que haberte levantado sin despertarme, pero, sí, podrías haberte escapado.

–Mi reacción ante estas circunstancias no es normal.

–Tampoco a mí me lo parece –apuntó él mientras se levantaba.

–¿Jackson? –se oyó una voz masculina al otro lado de la puerta.

Ella se sobresaltó y se cubrió los muslos con el jersey.

–Ahora mismo salimos –dijo Jackson. A continuación, se dirigió a Crista–. No has hecho nada malo.

–Sí, lo he hecho.

Había algo en lo que él tenía razón: debía dejar de mentirse. Aunque quisiera a Vern, se había besado con otro hombre, lo cual era una enorme equivocación.

–Olvídalo –dijo él mientras se ponía una camiseta.

–¿De verdad que vas a dejar que me marche?

Si pudiera hacer una llamada, Vern iría a buscarla. No tenía dinero ni tarjetas de crédito. Tendría que volver a ponerse su destrozado vestido de novia. Vern se enfadaría mucho al verlo.

–Sí, cuando hayas visto lo que Mac haya encontrado.

Crista se levantó y siguió a Jackson fuera del dormitorio, donde estaba Mac, un hombre alto y pesado, de anchas espaldas y corte de pelo estilo militar.

–Mac, te presento a Crista Corday.

–Señorita Corday –dijo Mac.

–Creo que podríamos saltarnos lo de «señorita», ya que has participado en mi secuestro.

–Mac no ha tenido nada que ver.

–Pues ahora es cómplice.

–Tengo las fotos –dijo Mac.

Le tendió el móvil para que viera la pantalla. La primera se había tomado en una calle llena de gente. Se veía a Vern al lado de una mujer saliendo de un restaurante. La mujer era alta, rubia, de ojos azules, labios carnosos y grandes senos.

–Solo están andando –observó ella.

–Un momento –dijo Mac, antes de enseñarle otra foto.

En ella iban agarrados de la mano; en la siguiente se abrazaban; en la siguiente, Vern la besaba en la mejilla. Eran convincentes, pero Crista había utilizado el PhotoShop y sabía que las imágenes podían manipularse. También había preguntas lógicas.

–¿Por qué, entonces, querría casarse conmigo?

Gracie era de una belleza deslumbrante y parecía una estrella de cine.

–Si realmente hay algo entre ellos, ¿por qué no se casa con ella? Está como un tren. Y parece que a él le gusta.

Mac y Jackson la miraron con el ceño fruncido.

–Te quiere a ti –dijo Jackson.

–Lo que significa que no está con ella.

–Mira esta –dijo Mac.

En la foto estaban abrazados. Se habían cambiado de ropa y se hallaban frente a un hotel.

–Es en abril de este año.

Crista estaba dispuesta a seguir defendiendo a Vern cuando se dio cuenta de que si Jackson creía haber ganado podría irse a casa. Tenía que hacerlo bien.

Le quitó el móvil a Mac y miró la foto durante unos segundos, como si estuviera sintiendo algún tipo de emoción. Después se agarró al banco de la mesa y se sentó.

–No pinta muy bien –dijo en voz baja.

–Es lo que parece –apuntó Mac–. También tengo correos electrónicos.

Crista, prosiguiendo con su actuación, asintió temblorosa. Como si los correos electrónicos no fueran más fáciles de falsificar que las fotos.

–Supongo que tenéis razón –afirmó al tiempo que dejaba el móvil en la mesa.

–Ojalá pudiera decir que lo siento –observó Jackson. Le puso una mano en el hombro para consolarla, lo que sorprendió a Crista–. Ese hombre no es digno de ti.

–Jamás lo hubiera pensado – le aseguró ella–. Me ha engañado desde el primer momento. Soy una idiota –por si acaso, se quitó el anillo de compromiso y lo apretó con la mano.

–No es culpa tuya.

Ella no contestó. Si le había convencido, lo mejor era callarse.

–¿Me dejáis que me vaya?

Notó que vacilaban, pero tuvo miedo de mirarlos a la cara. Esperaba no haber sobreactuado.

–Te llevaré a casa –dijo Jackson.

Capítulo Cuatro

Crista le había pedido que la llevara directamente a la mansión de los Gerhard, lo cual le pareció bien a Jackson, que estaba deseando ver la expresión de Vern cuando ella le plantara. Una vez que Crista hubiera roto el compromiso, comunicaría su éxito a Colin y Trent y volvería a su rutina habitual. Era lo que debía hacer, pero no estaba seguro de querer separarse de Crista.

Le atraía enormemente. Además, le intrigaba. No debía de haber tenido una vida fácil. Su padre era un delincuente, como el de Jackson. Sin embargo, allí estaba ella, dirigiendo un negocio, codeándose con la élite de Chicago y a punto de casarse con el hijo de una de las familias más ricas de la ciudad.

Era evidente que se trataba de una superviviente. Y por lo que él había visto, era fuerte.

—Para llegar a la puerta principal es por ahí, a la derecha —dijo ella al tiempo que se estiraba el húmedo vestido de novia.

La mansión apareció ante sus ojos unos cuatrocientos metros más allá. Era un edificio de piedra de tres pisos, rodeado de césped y parterres de flores. El camino bordeaba una fuente con tres estatuas, de las que manaba agua.

—Tenía que habértelo dicho para que entendieras lo que va a suceder —afirmó ella cuando se detuvieron frente a la magnífica escalera de la entrada—. No he creído que las fotos de Vern fueran verdaderas. Me imagino que los falsos correos demostrarían la misma creatividad.

Jackson se dio cuenta de por dónde iban los tiros. La cosa pintaba muy mal.

—Voy a denunciarte —dijo ella al tiempo que se volvía a poner el anillo—. Voy a contarlo todo, y no lo lamento.

—No lo hagas. Las fotos no estaban trucadas —afirmó él al tiempo que se reprochaba que lo hubiera engañado como a un imbécil.

Ella se bajó a toda prisa y él se apresuró a seguirla. Al llegar al final de la escalera, se volvió a mirarlo.

—¿Crees que no conozco a mi prometido?

—Crista…

—No.

—¿Crista? —un hombre apareció en la puerta.

—Vern —dijo ella, aliviada y sonriendo. Aceleró el paso y abrió los brazos.

Pero él la miró con el ceño fruncido.

—No te imaginas lo que…

—¿En qué estabas pensando? —le espetó él gritando—. ¿Y quién es ese?

Ella se detuvo. El instinto le indicó a Jackson que debía marcharse, ya que su tarea había terminado. Se arriesgaba a que lo arrestaran si se quedaba.

—Has destrozado el vestido —prosiguió Vern.

Crista retrocedió, claramente sorprendida por su reacción.

–¿Sabes cómo lo está pasando mi madre?

Jackson esperaba que Crista le contestara que ella también lo había pasado mal. Volvió a pensar en que debería marcharse antes de que ella comenzara a contar lo del secuestro.

–Mamá se ha sentido humillada. Estuvo a punto de desmayarse en la iglesia. Lleva toda la mañana sin salir de su habitación. El médico está con ella ahora.

–No ha sido culpa…

–Trescientas personas –la interrumpió Vern–. Y estaba allí el alcalde. Y este ¿quién es?

Jackson avanzó unos pasos porque su sentido de la justicia superaba su instinto de conservación.

–¿Ni siquiera quieres saber lo que le ha pasado? –preguntó a Gerhard.

–No hace falta ser un genio para adivinarlo. Se ha asustado. Pues, cariño, todos nos asustamos, pero no dos minutos antes de nuestra boda. Si lo haces el día antes, lo hablamos; si lo haces el día después, nos divorciamos.

–¿Nos divorciamos? –repitió Crista tambaleándose.

Jackson la agarró por el codo, temiendo que se cayera.

–¿Querrías divorciarte? –preguntó a Gerhard, asombrada.

–Hay formas de hacer eso. Y la que has escogido no es una de ellas.

–Eso no es lo que ha pasado –dijo Jackson.

Ella agarró la mano de él.

—No digas nada.

—Crista no se asustó. Fui yo quien la impidió casarse.

—No lo hagas —susurró ella.

Él la miró. Parecía que había cambiado de opinión y que no quería que confesase.

—¿Quién eres?

—Un antiguo novio —dijo él improvisando sobre la marcha—. Me presenté en la iglesia y le pedí que me diera otra oportunidad. Le dije que no podía casarse hasta haber hablado conmigo.

Vern apretó los dientes. La expresión de su rostro era airada, pero no parecía que la causa fueran los celos.

—¿Te fuiste con otro hombre?

—Insistí —afirmó Jackson preparándose para que Vern lo atacara. Si Crista hubiera sido su prometida, le hubiera cortado la cabeza a Vern.

Este no se movió. Su atención se dirigió a Crista.

—¿Qué pretendes que haga?

—Me da igual lo que hagas —dijo ella con determinación.

Vern dio un paso adelante y Jackson se interpuso entre ambos.

—No la toques.

—Crista, entra en casa.

—Crista, sube al coche.

—Les debes una explicación a mis padres.

—Ni siquiera se la has pedido —observó Jackson.

—Apártate de mi camino.

–No –Jackson no pensaba dejar a Crista allí.

–No es asunto tuyo.

–Yo creo que sí.

Vern avanzó otro paso.

Jackson separó los pies esperando que quisiera pegarlo. Lo único que necesitaba era una excusa para borrarle del rostro su aire de superioridad.

–Por favor, no le hagas daño –rogó Crista.

–De acuerdo.

–Me habla a mí –dijo Vern.

–Por favor –repitió ella.

–Sube al coche.

–¿Me prometes que no le harás daño?

–Te lo prometo.

–No hemos acabado de hablar –dijo Vern a Crista.

–Claro que lo habéis hecho –Jackson oyó que los pasos de ella se alejaban y que cerraba la puerta del coche–. Si haces el menor movimiento, me defenderé.

No pareció que Gerhard fuera a hacerlo. Jackson volvió al coche y se sentó al volante.

–Llévame a casa –dijo ella.

–De acuerdo –contestó él al tiempo que arrancaba.

Ella tardó cinco minutos en hablar.

–¿Sabes adónde vas?

–Sé dónde vives –Jackson miró por el retrovisor para ver si los seguía algún coche.

–¿Cómo lo sabes?

–Mac me dio tu dirección.

–El mismo Mac que estaba investigando a Vern.

–Sí.

Un sedán azul y un coche deportivo de color plateado siguieron detrás de ellos cuando giraron a la izquierda.

–Me has destrozado la vida –afirmó ella.

–¿Me estás echando la culpa?

–Por supuesto que sí.

–¿De que tu prometido sea un imbécil?

–De haberme arruinado la boda. Pero no tienes la culpa de que mi prometido sea imbécil.

Jackson estuvo a punto de sonreír.

–Puede que él no sea como te lo imaginabas.

–Nunca se había portado así. Siempre ha sido muy equilibrado, paciente y digno de confianza.

–¿Es la primera vez que lo ves sometido a estrés? –Jackson no era un experto, pero le parecía un error casarse con alguien antes de haberse peleado algunas veces con él, para saber si jugaba limpio o sucio.

–Su familia le importa mucho –observó ella.

–¿Lo estás defendiendo?

–No me ha engañado.

–Lo ha hecho, pero no se trata de eso. No ha confiado en ti ni te ha preguntado lo que había pasado. Lo único que le importaba eran papá y mamá.

Crista no supo qué responder.

–Nos están siguiendo. ¿Qué coche tiene Vern?

Ella giró la cabeza para mirar atrás.

–¿Es el tercero, un Lexus azul? –explicó él.

–Podría ser.

–¿No estás segura? ¿No reconoces el coche de tu novio?

–Los Gerhard tienen muchos. Creo que uno es como ese.

–Las tribulaciones de los ricos y famosos.

–Ja, ja.

–¿Qué quieres que haga? –preguntó él.

–Lo único de lo que estoy segura es de que no quiero hablar con él.

–Muy bien.

Jackson estaba más preocupado que antes. Trent le había dicho que lo que interesaba de verdad a Vern era la mina de diamantes. Y era evidente que este no había mostrado temor alguno por la seguridad de su prometida. Se había comportado como un hombre con algo que perder, tal vez dinero. Y ahora, en lugar de dejar que ella se calmara, había ordenado que la siguieran. A Jackson no le parecía una pelea de enamorados.

–¿Quieres que lo despiste?

–Si puedes, sí.

–¿Te has puesto el cinturón de seguridad?

–Sí.

–Pues agárrate.

Al ver que se aproximaba un cruce, se cambió rápidamente al carril de la izquierda y giró hacia Crestlake. Allí giró a derecha. Volvió a hacerlo y condujo hasta llegar a un aparcamiento subterráneo. Sabía que tenía seis salidas. Tomó la que los llevaría a la autopista. Una vez en ella, podrían ir todo lo lejos que quisieran.

–¿Lo hemos perdido? –preguntó ella estirando el cuello para mirar por la ventana trasera.

–Sí.

–Necesito tiempo para pensar –parecía cansada e incómoda.

–¿Adónde quieres ir?

–A mi casa no, desde luego.

–Te vendría bien cambiarte de ropa.

–Me está saliendo un sarpullido –dijo ella tirando del vestido.

–Tomaremos la siguiente salida y buscaremos un sitio para que te compres unos vaqueros.

–Será un alivio. También me gustaría tirar el vestido a la basura.

A Jackson le pareció una excelente idea.

–Gracias.

–No hay de qué.

–Gracias, de verdad, Jackson. No tenías que haber hecho nada de esto.

–Soluciono problemas –afirmó él encogiéndose de hombros–. Y tú tenías uno.

–Ni siquiera me conoces.

A él le pareció que sí la conocía, al menos un poco. Y admiraba lo que conocía de ella.

–No tengo que conocerte para ayudarte.

–La mayoría de la gente no piensa así.

–Pues has tenido la suerte de cruzarte conmigo. Ahí hay una salida –no quería darle ningún detalle de la investigación ni que le volviera a preguntar quién se la había encargado.

Ella miró por la ventanilla.

–Parece que aquello es un centro comercial.

–Eso servirá. ¿Quieres bajar a probarte la ropa o me dices la talla?

–Si no te importa, me quedo en el coche.

–¿Te preocupa llamar la atención?

–Lo único que me falta es que me saquen una foto y la cuelguen en las redes sociales.

–Bien pensado.

Ella lanzó un profundo suspiro y él le miro el escote, lo que casi le hizo salirse de la carretera.

–Yo tendría que estar a estas horas en un yate, en el Mediterráneo, tomándome una copa de vino, leyendo una revista de famosos y bronceándome.

Jackson pensó que, entonces, estaría controlada por Vern y a merced de su familia. Aumentaban cada vez más sus sospechas de que Vern no era un novio preocupado, sino un timador.

Si lo que Trent le había contado era verdad, los Gerhard eran personas organizadas y crueles que no querrían perder la pista de Crista. Llevaba desaparecida veinticuatro horas, por lo que era más que probable que el padre hubiera mandado a alguien a su piso, y pudiera ser que hasta estuvieran controlando sus tarjetas de crédito.

Jackson decidió que investigaría la mina de diamantes, su tamaño, dónde se hallaba, quién era el dueño y cómo se había enterado Vern Gerhard de su existencia.

Crista le pagaría todo a Jackson cuando tuviera acceso a su cuenta corriente. De momento, él la había alojado en el Fountain Lake Hotel y había dejado los detalles de su propia tarjeta de crédito en la recepción para cubrir sus gastos. El hotel estaba lleno de veraneantes y era fácil pasar desapercibido entre la multitud. La habitación era espaciosa, con una cama de matrimonio, una zona de estar, una cocinita y una terraza que daba a la piscina y al campo de minigolf.

Había intentado inmediatamente llamar a Ellie, su mejor amiga y una de sus damas de honor, pero saltaba el buzón de voz. Le pareció complicado dejar un mensaje, así que decidió probar más tarde. Sacó un refresco del minibar y salió a la terraza.

Hacía calor, pero soplaba una brisa que refrescaba el ambiente. Estaba en la tercera planta y veía a los niños bañándose en la piscina y a los adolescentes tumbados en toallas de rayas.

Deseó tener bañador y se preguntó si la tarjeta de crédito de Jackson serviría para las tiendas del hotel, además de para los restaurantes. Sería muy agradable darse un baño. Después pediría que le subieran algo de cenar y una botella de vino. Jugueteó con el anillo de compromiso mientras recordaba su enfrentamiento con Vern.

Él había se había apresurado a suponer que se había fugado. La había desilusionado, desde luego, pero pensaba que era la conclusión más lógica a la que se podía llegar. No obstante, habría estado bien que le hubiera preguntado qué había ocurrido. Lo peor había sido que hubiera mencionado el divorcio. Estaba preocupado por su familia, por el vestido, por su madre y por el alcalde. Lo único que no parecía preocuparle era ella.

La había alarmado descubrir una faceta de

Vern cuya existencia desconocía y se preguntó si las fotografías serían falsas o no.

Volvió a entrar en la habitación dispuesta a llamar a Ellie. Marcó el número, pero llamaron a la puerta. Crista colgó, fue a mirar por la mirilla y vio a Jackson.

–¿Se te ha olvidado algo? –preguntó después de haber abierto la puerta.

–Sí –dijo él entrando antes de que le invitara a hacerlo–. Se me ha olvidado decirte que no llames a nadie desde la habitación.

–¿Ni siquiera a Ellie?

–¿Quién es Ellie?

–Mi amiga y mi dama de honor.

–Ni siquiera a ella. Los Gerhard habrán tomado muchas medidas de seguridad y cubierto todos los ángulos.

–Creo que estás paranoico. ¿No te habías ido?

–No tengo prisa.

–¿No tienes que trabajar?

En vez de contestarle, él se sentó en el sofá.

–¿Qué sabes de la mina Borezone? ¿Has oído hablar de ella?

–No. ¿Ha salido en las noticias?

–No.

Crista se preguntó por qué seguía él allí dándole conversación.

–Si lo que te preocupa es tu tarjeta de crédito, no voy a ponerme a gastar a manos llenas.

–Eso no me preocupa.

–¿Te preocupa que llame por teléfono?

–Eso sí.

–Tengo que hablar con Ellie.

–Habla conmigo en su lugar.

–Claro. Me siento aquí –dijo sentándose en el sillón– y desnudo mi alma al hombre que me ha secuestrado.

–Muy bien. Adelante, te escucho.

–No le veo la gracia –¿no se daba cuenta de que la situación era traumática para ella?

–¿De verdad es imprescindible que llames a Ellie?

–Sí.

Él sacó el móvil, pero, en lugar de entregárselo, marcó un número.

–¿Cómo se apellida?

–Sharpley.

–Soy yo –Jackson se puso a hablar por teléfono–. Crista tiene que llamar a Ellie Sharpley. Ya lo sé. Es cosa de chicas. Dímelo cuando esté hecho.

–¿Cosa de chicas?

–¿Cómo lo llamarías tú? –preguntó él mientras se guardaba el teléfono.

–Una conversación. Algo humano.

–Podrás tenerla dentro de una hora. ¿Tienes hambre?

–¿No tienes a nadie a quien contarle lo que ha pasado? ¿Amigos? ¿Familiares?

–Soy muy independiente –contestó él.

–¿No tienes novia? –ella suponía que no, aunque no sabía por qué. Bueno, por cómo la había besado. Aunque solo la había besado.

–No.

Ella se sintió aliviada.

–¿Tienes hambre? –volvió a preguntarle Jackson.

Me muero de hambre –apenas había comido desde el día anterior–. ¿Nos tomamos un aperitivo antes de comer?

–Hay un café con jardín en la parte trasera del hotel.

–Hecho –se levantó–. Se me hace raro no llevar bolso.

–¿Quieres comprarte uno? –preguntó él levantándose a su vez.

–No tengo nada que meter en él.

–Podemos comprar un peine, una barra de labios o lo que quieras.

Ella agradeció la propuesta, pero se preguntó por qué se la hacía. Era extraño que él siguiera allí, y más extraño aún que se esforzara en ayudarla.

–¿Te sientes culpable? –le preguntó mientras salían al pasillo.

–¿De qué?

–De haberme arruinado la vida.

–Gerhard era quien trataba de arruinártela.

–Eso está por ver –era cierto que Vern se había comportado como un imbécil en la mansión, pero estaba estresado. Crista se imaginaba la reacción de sus padres ante la desaparición de la novia.

–Las fotos no están trucadas –le aseguró él mientras pulsaba el botón del ascensor.

–¿Puedes demostrármelo?

–Seguro que podemos –entraron en el ascensor.

—Llevamos juntos casi un año.

—Las personas no siempre son sinceras, Crista.

—¿Lo eres tú? —preguntó ella mirándolo a los ojos.

—Lo intento, pero, en mi profesión, no siempre se puede decir todo a todo el mundo.

—Así que solo mientes en el plano profesional.

—No lo hago en el personal ni por diversión —apuntó él en tono divertido.

Las puertas del ascensor se abrieron. Ella fue a salir, pero él la agarró por el estómago. La echó a un lado y presionó el botón para que las puertas se volvieran a cerrar.

—¿Qué pasa? ¿Qué haces?

—¿Has hablado con alguien desde que hemos llegado aquí?

—No. Bueno, he intentado llamar a Ellie, pero ha saltado el buzón de voz. Ni siquiera le he dejado un mensaje.

Jackson lanzó una maldición al tiempo que presionaba el botón para subir al duodécimo piso.

—Vern está en el vestíbulo con dos tipos. Acabo de verlo.

—¿Cómo es posible? —preguntó ella mientras el ascensor comenzaba a subir.

—Porque, con la llamada, has revelado el número del hotel.

—No he llamado a Vern, sino a Ellie.

—Tienen su teléfono pinchado.

—Eso es ridículo.

—¿Se te ocurre una explicación mejor de su presencia aquí?

–¿Qué vamos a hacer en la planta duodécima?

–Mi habitación está allí.

–¿Tienes habitación? ¿Para qué?

–Para dormir en ella.

–¿Y por qué vas a dormir aquí?

–Para llevarte a la ciudad cuando estés lista.

–Creí que tomaría un autobús para volver.

–Si hubiéramos seguido ese plan, ya estarías en poder de Vern.

–Jackson, ¿qué está pasando?

–Vern quiere que vuelvas y tiene mucho dinero para conseguirlo.

–Yo iba a volver. No he roto con él. Sigo llevando su anillo.

Las puertas del ascensor se abrieron en la duodécima planta.

–Pues deberías romper con él. Es a la derecha.

–No sé con certeza que haya hecho nada malo, salvo reaccionar mal porque le he arruinado una boda de cientos de miles de dólares.

–No has sido tú, sino yo el que se la ha arruinado –observó él mientras introducía la tarjeta en la puerta de la habitación.

–Parece que te da igual.

–Me da igual su dinero.

Crista entró en la suite y miró a su alrededor, asombrada por la categoría de la habitación.

–Te gusta viajar con clase.

–He pensado que necesitaba una habitación donde pudiera tener una reunión con Mac y los demás. Llegarán más tarde.

–Hay algo que no me has contado. Esas fotos

son falsas, ¿verdad? ¿Se trata de una extorsión? ¿Sigo secuestrada? Al final, ¿solo se trata de dinero?

—Hay vino, cerveza y whisky —dijo él abriendo el mueble bar—. Voy a pedir que nos suban algo de comer.

—Eso no es una respuesta.

—No estás secuestrada —dijo él en tono exasperado—. Te he dejado una hora sola en tu habitación. Y ahora mismo me interesa mucho más comer que lo que haga Gerhard. Eres libre de marcharte. Te llevé a la mansión. Podías haberte quedado allí.

Era cierto. No la estaba reteniendo contra su voluntad.

—Ponme una copa de *merlot*. Y me encantaría tomarme una pizza de salchicha y champiñón.

—Enseguida —dijo él sonriendo.

—Esta mañana le dijimos tu nombre a Vern, así que puede encontrar tu número de habitación.

—¿Quién te ha dicho que me he registrado con mi nombre? —descorchó una botella y le señaló la zona de estar. Sirvió las copas y las dejó en la mesita de centro—. Será mejor que no salgamos a la terraza. Más vale que seamos precavidos.

—¿Tenemos que andarnos con cuidado con toda la familia? —preguntó ella mientras se sentaba en un extremo del sofá y agarraba la copa.

—Con toda la familia —él alzó la suya e hizo ademán de brindar.

Ella bebió. Estaban siendo los días más extraños de su vida. Y parecía que aquella locura aún no había acabado.

Capítulo Cinco

Para sorpresa de Jackson, Mac no estaba solo en el pasillo del hotel, sino acompañado de una mujer de veintitantos años, pelo negro y corto, ojos azules, nariz respingona y labios carnosos.

En los cinco años que llevaban trabajando juntos, era la primera vez que Mac se comportaba de un modo tan poco profesional.

–¿Te has traído a tu novia?

–No soy su novia –declaró la mujer con expresión de desagrado.

–¿Ellie? –dijo Crista detrás de Jackson.

Ellie lo empujó para entrar.

–Es la dama de honor –explicó Mac.

–¿Y la traes aquí? –Jackson no sabía si eso era mejor o peor.

Las dos mujeres se abrazaron riendo.

–Estaba desesperada –dijo Ellie–. Creía que te había pasado algo o que estabas muerta.

–¿Os ha visto alguien entrar? –preguntó Jackson a Mac–. Gerhard reconocerá a Ellie.

–Lo he visto abajo con sus hombres. Estoy seguro de que ellos no nos han visto.

–Ha sido una locura –afirmó Crista tirando de Ellie hacia el sofá–. Jackson me arrancó de la iglesia. Después estuvimos en un barco, del que salté.

Cuando, por fin, volví a casa, Vern se comportó como un perfecto imbécil.

—Eso no es propio de Vern.

—Lo sé, pero se está comportando de forma extraña. Pero dime, ¿qué sucedió cuando no aparecí?

Mientras Ellie se lo contaba, Jackson se dirigió a Mac.

—Pensé que ibas a darle un teléfono.

—Ese era el plan, pero no funcionó.

Oyendo la determinación del tono de la voz de Ellie, Jackson entendió por qué.

—¿Te convenció de que la trajeras?

—Algo así.

—¿Quieres tomar algo?

—Una cerveza, si tienes.

Los dos hombres se dirigieron al mueble bar. Jackson bajó la voz.

—Me creo lo que me contó Trent. Esto no es un asunto de una novia que se haya dado a la fuga —al ver que Mac asentía, añadió—: Tenemos que investigar la mina de diamantes.

—Norway ya está en ello. La mina es muy antigua. Hace veinte años, Trent Corday la compró a precio de saldo, pero perdió buena parte de ella por una deuda de juego.

—¿Quién se quedó con ella?

—No está claro. Pero hemos confirmado que las acciones que le quedaban las puso a nombre de su hija. Parece que quiso compensarle de alguna manera el hecho de haber estado apareciendo en su vida y desapareciendo de ella a lo largo de los años. Nunca proporcionó a la madre mucho apoyo económico. No había sido el mejor padre del mundo y, por otro lado, la mina no valía mucho por aquel entonces.

–¿Y ahora?

–Depende de a quién se lo preguntes. La mayoría de las acciones son propiedad de una empresa de las islas Caimán, que ha contratado a otra empresa, que ha sido la que ha hecho el último descubrimiento en la mina. Lo han anunciado a bombo y platillo. Dicen que van a ofrecer acciones públicas. Seguiremos investigando.

–¿Fue así como se enteró Gerhard? ¿A través de la empresa que hizo el descubrimiento?

–Ahí hay algo que no cuadra. El despliegue publicitario se produjo hace seis meses, y Gerhard lleva un año con Crista.

–Entonces, se ha tenido que enterar de otro modo.

–O la boda no tiene nada que ver con la mina.

–No me lo creo. Los tipos del vestíbulo son una muestra de que hay mucho dinero en juego.

–¿Qué hacemos? –preguntó Mac.

–Que Norway siga investigando lo referente a la mina. Tú ocúpate de Gerhard, sobre todo céntrate en la posible relación de su familia con la empresa de las islas Caimán. Yo volveré a investigar a Trent, ya que puede haber algo más que lo que me contó.

–De acuerdo. Una pregunta: ¿nos ha contratado alguien para este trabajo, aparte de los dos presos que ganan ocho dólares diarios?

–¿Es que no puedo hacer un favor a mi padre?

–Claro, pero no es lo que estás haciendo –Mac miró a Crista, que sonreía a Ellie–. Si fuera otra persona, ¿estarías dedicando tantos recursos de manera gratuita?

–Nunca lo sabremos.

Jackson había comenzado a darse cuenta de que le importaba Crista. Era guapa, desde luego, y estaba metida en un lío. Pero había algo más que le había impulsado a involucrarse como lo había hecho.

Las circunstancias de Crista se parecían a las suyas. Había perdido a su madre muy joven y su padre estaba en la cárcel. Tal vez fuera solo eso: eran almas gemelas. Sin embargo, no era tan fuerte como él ni tan capaz de cuidar de sí misma. Y le ofendía que los Gerhard trataran de aprovecharse de ella.

De pronto, Ellie se volvió hacia ellos y preguntó:

–¿Hay algún peligro en pedir que nos suban algo de comer?

Jackson recordó que Crista y él estaban muertos de hambre.

–Ninguno –dijo alejándose del mueble bar.

–Yo iba a pedir pizza –dijo Crista.

–Me apunto –dijo Ellie.

–Y tarta de chocolate. ¿Crees que tendrán, Jackson?

–Voy a preguntarlo –respondió él mientras se dirigía al teléfono.

–No voy a tener que embutirme en ese vestido otra vez –dijo Crista a Ellie.

—Siempre puedes comprarte una talla mayor —respondió su amiga riendo.

—No voy a comer tanta tarta. Una ración bastará —añadió Crista.

—Hablas de comprarte otro vestido de novia. ¿Para qué lo necesitas? —preguntó Jackson ya con el teléfono en la mano.

—No sé si recuerdas que el otro está destrozado.

—Pero ya no te vas a casar.

—Tal vez no.

—¿Tal vez?

—Sé que Vern se ha portado como un imbécil, pero se hallaba en una situación estresante.

Jackson dio un paso hacia ella, incapaz de creer lo que oía.

—¿Lo defiendes?

—Está jugando contigo. Lleva meses haciéndolo.

—No lo sabemos con seguridad.

—Mac es totalmente de fiar —dijo Jackson señalándolo con el pulgar.

—No lo conozco. Me lo acabas de presentar.

—Yo sí lo conozco.

—Pero yo a ti no.

—Podemos validar las fotos —apuntó Mac.

—¿Para qué? —preguntó Jackson, cada vez más molesto.

—Para que Crista se quede tranquila.

—Si no quiere creernos, es problema suyo. De hecho, que baje corriendo al vestíbulo si cree que Gerhard es tan digno de confianza.

—Un momento —dijo Ellie poniéndose de pie—. No soy gran admiradora de Vern, pero…

–¿Cómo que no lo admiras? –preguntó Crista, sorprendida por sus palabras–. Me dijiste que te caía bien.

–Y es verdad, más o menos.

–¿Más o menos?

–Hay cosas de él que me gustan: que sea tan generoso y que siempre esté contento.

Jackson pensó que Ellie no lo había visto esa mañana. De todos modos, agradeció su apoyo.

–Tal vez demasiado contento –añadió Ellie–. ¿No te parece que es algo forzado?

–¿Lo criticas por estar contento?

–A veces me parece que dice y hace lo correcto, pero en sus ojos no hay sinceridad.

A Jackson comenzaba a caerle bien Ellie.

–¿Por qué no me lo habías dicho antes? –preguntó Crista al tiempo que se levantaba.

–Parecías tan feliz –respondió Ellie en tono de disculpa– que quería que fuera verdad.

–¿Y has cambiado de opinión por unas fotos conseguidas por un desconocido que está dispuesto a saltarse la ley y que ha urdido una conspiración que no entendemos?

–Creo que voy a pedir yo la comida –intervino Mac–. ¿Pizza y tarta para todos?

–Lo que quiero decir –apuntó Ellie– es que hay que verificar si las fotos están o no trucadas. ¿Qué mal hay en ello?

Crista no supo qué contestar. Jackson, tampoco. Sabía que las fotos eran auténticas. Y cuando ella lo supiera, comenzaría a confiar en él. Y él lo deseaba intensamente, lo cual no era muy acertado. Su instinto le decía que podría crearle toda clase de problemas.

Crista saboreó el último trozo de la tarta de chocolate.

–Seguro que estaba más rica que la tarta de boda –afirmó Ellie lamiendo el tenedor.

Las dos se hallaban en la terraza de la suite. Había oscurecido, por lo que Jackson consideró que era seguro sentarse allí.

–¿Qué habrán hecho con la tarta? –preguntó Crista.

–¿Y con el resto de la comida?

–Supongo que podrían congelarla.

–¿Para la boda siguiente? –se burló Ellie–. Creí que a la señora Gerhard le iba a dar un aneurisma. Se puso de todos los tonos de rojo. Manfred daba órdenes a voz en grito. Los guardas de seguridad corrían por todo el edificio y las aceras. Me hubiera gustado tener el móvil para hacer un vídeo.

–¿Has mirado en las redes sociales? –aunque a Crista no le hacía gracia alguna, cabía la posibilidad de que alguien hubiera sacado fotos. Vern se avergonzaría si la gente creía que lo habían abandonado al pie del altar.

–Ya debe de saberlo toda la ciudad –observó Ellie–. Las solteras de Chicago se estarán burlando de él o disponiéndose a cazarlo.

Crista sabía que muchas mujeres competían por su atención. Y aunque él solo tenía ojos para ella, era evidente que se sentía complacido.

77

De pronto, un fuerte sonido hizo que se levantaran de un salto y se taparan los oídos.

Jackson salió corriendo a la terraza acompañado de Mac. Cada uno agarró a una de ellas y la condujo al interior.

—Es la alarma antiincendios —explicó Jackson.

—La ha hecho saltar Gerhard —añadió Mac.

—Para hacernos salir —concluyó Jackson.

—Él no haría eso —dijo Crista.

—Pues lo ha hecho —afirmó Jackson con convicción—. Y no vamos a movernos de aquí.

Se oyeron sirenas a lo lejos.

—Hay al menos seis salidas de incendios en el edificio —observó Mac.

—Debe de haber llamado a más hombres para cubrirlas todas —dijo Jackson.

—Esto es ridículo —afirmó Crista.

—Chicos —dijo Ellie mirando por la puerta abierta de la terraza—. Veo humo —señaló con el dedo—. Eso es humo.

Mac salió disparado a la terraza.

—Hay fuego en la quinta planta —volvió a entrar—. Y en la tercera, por el otro lado.

—¿Ha provocado dos fuegos? —preguntó Jackson.

—¿Qué hacemos? —preguntó Mac.

—Abandonar el edificio —afirmó Crista. No había otra alternativa.

—Ve con Ellie —dijo Jackson a Mac—. Salid por la parte de atrás.

—Buena suerte —le deseó Mac—. Vamos —dijo mirando a Ellie.

–Te llamaré –dijo ella abrazando a Crista.

–Vern no ha incendiado el hotel –le aseguró Crista.

–Eso espero –contestó su amiga, aunque su expresión indicaba que lo consideraba posible.

Jackson agarró dos toallas de manos y las empapó de agua. Le dio una a Crista.

–Póntela en el rostro y tose. Finge que te molesta el humo –Jackson le puso la mano en la espalda y la empujó hacia la puerta.

–Iba a llamar a Vern mañana.

–Pues parece que no quiere esperar.

–Es una coincidencia.

–No importa.

–Claro que importa. Has acusado a mi prometido de provocar un incendio –Crista se calló cuando salieron de la habitación. Había más gente en el pasillo que se dirigía hacia la escalera.

–Más vale que comiences a considerarlo tu exprometido –le susurró Jackson al oído.

–Sigo llevando su anillo.

–Quítatelo.

–El protocolo indica que se lo tengo que devolver –explicó ella mientras empezaban a bajar.

–Así que se lo vas a devolver.

–Aún no lo sé. No sé qué hacer ni qué pensar. ¿Tengo que contestarte ahora mismo?

–No. Simplemente, no te separes de mí y deja de defenderlo. Y tápate el rostro con la toalla. Casi hemos llegado.

Cuando llegaron a la puerta del vestíbulo, Jackson la agarró con fuerza.

—¿Ves a esa familia? —le señaló a un hombre, una mujer y tres niños que iban delante de ellos.

—Sí.

—Ponte a su lado. Habla con la mujer, si puedes. Gerhard busca a una pareja, así que finge que estás con ellos.

—De acuerdo.

—No me busques. Yo no te perderé de vista. Ve con ellos y nos vemos fuera.

Ella hizo un gesto de asentimiento.

—Ahora, tose.

Ella lo hizo y aceleró el paso para ponerse a la altura de la mujer, que llevaba agarrada a una niña de la mano.

—¿Han olido el humo?

—Estábamos en la quinta planta —dijo la mujer—. El fuego estaba en el pasillo. Hemos tenido que salir con lo puesto.

Habían llegado a la puerta principal, que estaba abierta de par en par. Fuera había camiones de bomberos, ambulancias y coches de policía, y personas uniformadas corrían de un lado a otro. Algunas se comunicaban por radio, otras llevaban mangueras y otras ayudaban a subir a la gente a las camillas o las ambulancias.

Los residentes del hotel habían salido con lo que llevaban puesto en el momento de declararse el incendio. Pocos llevaban jerséis; muchos estaban descalzos. Parecían confusos y desorientados.

Crista se detuvo a mirarlos. De pronto, alguien le pasó el brazo por los hombros. Era Jackson.

—Vamos —dijo él empujándola.

—Es horrible.

—Pero está controlado.

—Vern no puede haberlo hecho.

—No voy a ponerme a discutir.

—No me crees.

—Eso da igual. Tenemos que salir de aquí. No podemos pedir al guardacoches que nos traiga el mío, pero hay una agencia de alquiler a dos manzanas.

—Debería hablar con Vern.

—No —la tomó de la mano y comenzaron a cruzar el césped en diagonal—. Puedes llamarle por teléfono.

—Creí que no podía telefonear a nadie.

—No tergiverses mis palabras.

Ella se detuvo y se soltó de su mano, molesta por su actitud prepotente.

—No las tergiverso.

Él se detuvo y se volvió hacia ella.

—Podrás llamarlo, pero no esta noche ni desde un teléfono con GPS.

—La verdad es que me da igual hablar o no hablar con él.

La perspectiva no la emocionaba. No sabía lo que le diría cuando se sentaran a conversar. ¿Le devolvería el anillo y rompería con él? ¿Le pediría una explicación por su comportamiento? ¿Le exigiría que le dijera si le había sido fiel?

—¿Crista? —Jackson interrumpió sus pensamientos—. Debes consultarlo con la almohada.

Tenía razón. Después de una noche de descanso, a la mañana siguiente vería todo con mayor claridad. Asintió y echó a andar. Él volvió a tomarla de la mano, con más suavidad esa vez.

Ella sabía que no debía estarle agradecida. Era su secuestrador, no su amigo, y no podía confiar en él. Pero confiaba. Y, en esos momentos, era innegable que sentía gratitud hacia él.

—Gracias.

—¿Por qué me las das esta vez?

—Supongo que por rescatarme de un edificio en llamas.

—De nada —contestó él sonriendo—. He tenido que bajar detrás de ti por una escalera para salvarte, pero así soy yo.

—¿Cómo eres? Dímelo. ¿Qué estarías haciendo ahora mismo si no estuvieras conmigo?

—Probablemente, trabajar en otro caso.

—¿Un domingo, a las diez de la noche?

—Mi trabajo no es de nueve a cinco.

—¿Y tu familia y tus amigos?

—No tengo familia. Tengo amigos, claro. Pero no tengo mucho tiempo para nada serio.

—¿Cuándo fue la última vez que tuviste novia?

—Hace bastante.

Ella esperó, pero él no se extendió más.

—Lo sabes todo sobre mi vida amorosa.

—Por interés profesional.

—Venga, cuéntame algo de la tuya.

—¿Ves ese letrero luminoso?

—¿El de la agencia de alquiler de coches?

—Es ahí donde vamos.

—No creas que vas a cambiar de tema tan fácilmente.

–Fue hace dos años. Se llamaba Melanie y era contable.

–¿Saliste con una contable?

–¿Hay algo de malo en ello?

–¿Te lo estás inventando?

–¿Por qué iba a hacerlo? ¿Es que crees que ninguna mujer quiere salir conmigo?

Eso era absurdo. Jackson era un tipo inteligente, sexy y con éxito. Podría salir con todas las mujeres que deseara.

–Una contable no parece muy emocionante –dijo ella mientras entraban en el aparcamiento de la agencia.

–Tal vez no estuviera buscando emociones.

–Jackson, todo en ti indica que lo haces.

–¿Y eso?

–Tomemos como ejemplo este fin de semana: has secuestrado a una novia a punto de casarse, has mandado a tomar viento a uno de los hombres más ricos de Chicago y acabamos de salir de un hotel en llamas.

–Eso no implica que me guste –dijo él mientras abría la puerta.

–Te encanta –afirmó ella entrando. Jackson la siguió.

Solo había un empleado tras el mostrador. Crista se le acercó y Jackson fue detrás.

–¿Ves el letrero que hay en la pared? –le murmuró él al oído–. Detrás del mostrador, en letras púrpura.

–¿El que dice tarifas semanales?

–Sí, ese. No te vuelvas. Mira lo que se refleja en él.

Ella frunció los ojos y vio el reflejo de un todo-terreno negro, algo distorsionado.

—Es Vern —afirmó Jackson.

Ella hizo ademán de volverse.

—No te vuelvas.

—¿Estás seguro?

—Completamente. Gírate hacia mí y hazme una pregunta, la que sea.

Ella obedeció.

—Cuéntame algo de Melanie, la contable.

—Después. ¿Ves ese pasillo en el extremo del mostrador?

—Sí.

—Hay un servicio de señoras en él y, al final, la puerta trasera. Quiero que salgas por ella. Sigue el callejón y llegarás a una calle. Para allí un taxi. Yo saldré dentro de un minuto.

—¿No vamos a alquilar un coche?

—No.

—Si hablo con Vern, esta locura acabará.

—No es seguro para ti.

—Voy a decirle que se vaya y que mañana tendremos una conversación como es debido. No ha sido él quien ha provocado el incendio.

—Si el fuego no ha sido una treta para obligarte a salir del hotel, ¿por qué estaba esperando ahí fuera para seguirnos?

Crista fue a contestar, pero se dio cuenta de que era una pregunta razonable.

—Puede haber sido una coincidencia —pudiera ser que los hubiera visto cuando salían del hotel.

—Puede —dijo él.

Que no discutiera con ella la sorprendió. Parecía que, por fin, estaba dejando que fuera ella la que tomara las decisiones. Dejaba que fuera ella la que analizara la situación y obrara en consecuencia. Era alentador e inquietante a la vez.

–Entonces voy por el pasillo hasta la puerta trasera y paro un taxi.

–Has tomado la decisión correcta. Yo te seguiré.

Resistiendo la tentación de mirar el todoterreno, se dirigió al pasillo fingiendo que iba al servicio. No sabía muy bien cómo transmitir ese mensaje por el modo de andar, pero hizo lo que pudo.

Allí estaba la puerta que había dicho Jackson. Daba a un pequeño aparcamiento. Había un contenedor para escombros en una esquina y varios vehículos en mal estado. Vio el callejón y lo siguió hasta llegar a una calle con tráfico.

Tardó varios minutos en parar un taxi. Cuando lo hizo, Jackson ya estaba con ella, y se montaron juntos.

–Vamos a Anthony's Bar&Grill en el cruce de la calles Baffin y Pine.

–¿Vamos a tomar algo? –preguntó ella, sorprendida.

–Tengo sed. ¿Tú no?

Pero ella no estaba dispuesta a pasar por alto aquella huida de novela de aventuras.

–¿Cómo sabías que la agencia tenía una puerta trasera? ¿Y cómo sabías adónde llevaba?

–No elegí el Fountain Lake Hotel por casualidad.

–Ya habías estado aquí –afirmó ella comprendiendo de pronto–. Y ya habías hecho esto antes.

–A veces he tenido que despistar a alguien –apuntó él sonriendo. Se estaba divirtiendo.

–Esto te parece divertido –dijo ella con la intención de que pareciera una acusación, pero no lo consiguió. En realidad, la seguridad que él demostraba era contagiosa.

–Creo que tú eres divertida.

–Pues yo no me lo estoy pasando bien. Mi vida se está desmoronando, así que no, no me estoy divirtiendo.

–Anthony's te va a gustar.

Lo que le gustaría sería recuperar su vida. Y estuvo a punto de decírselo. Sin embargo, se dio cuenta de que no era verdad. No tenía una vida a la que volver, al menos no una real y sincera. Solo podía ir hacia delante.

–Quiero algo fuerte de beber.

–Enseguida –dijo él mientras el taxi aceleraba.

–Es el día más extraño de mi vida –murmuró ella.

–Yo no lo cambiaría por todo el oro del mundo –observó él en un tono tan íntimo que la invadió una oleada de deseo.

Quería mirarlo a los ojos y empaparse de su sonrisa. Pero no se atrevía. Con independencia de lo que Vern hubiera dicho o hecho, no tenía derecho a sentir lo que sentía por Jackson. No lo conocía ni le caía bien. Al día siguiente, a esa misma hora, se habría convertido en un débil recuerdo.

Capítulo Seis

Anthony's era un lujoso restaurante en una mansión colonial de ladrillo rojo. El dueño era buen amigo de Jackson, Sus altos techos, la artesanía en madera y la majestuosa escalera le conferían grandiosidad y clase.

Esa noche, a Jackson no le interesaba el restaurante, sino las habitaciones históricas de la tercera planta del edificio. Contaba con que Anthony no haría preguntas ni registraría su estancia allí. Era lo más parecido a un piso franco que Jackson tenía.

La habitación tenía una cama de matrimonio con dosel, una chimenea de piedra y vigas de madera de cedro en el techo. Había una mesa y un sofá que ya habían transformado en una segunda cama.

Crista se había dado una ducha mientras Jackson se tumbaba en el sofá. Estaba viendo las noticias en la televisión y tenía el portátil encendido sobre el regazo con las fotografías de Vern y Gracie. La resolución de las mismas era alta, por lo que sería fácil demostrar que no estaban trucadas.

Crista salió del cuarto de baño con un albornoz y la cabeza envuelta en una toalla.

—Una ducha no debiera ser lo único necesario

para sentirme mejor –dijo mientras se aproximaba a él con los pies descalzos–. Pero lo es –se sentó al otro extremo del sofá.

Solo el hecho de verla hizo que él se sintiera mejor. Lo único que le gustaba más que mirarla era escucharla. Deslizó el portátil por el sofá hacia ella.

–Mira las fotos todo el tiempo que quieras. La resolución es muy buena. No están trucadas.

Ella agarró el portátil y se lo puso en el regazo.

–La fecha y la hora están registradas en los metadatos –dijo él anticipándose a la pregunta de ella o a una posible defensa de Vern más adelante.

–La abraza –dijo ella.

–Y en esta la está besando.

–Y no como un hermano. Me cuesta aceptarlo.

Apareció una locutora en la pantalla del televisor que llamó la atención de Jackson:

–«Se ha producido un incendio en el Fountain Lake Hotel a última hora de la tarde. Más de trescientas personas han sido evacuadas. No se descarta que el incendio haya sido provocado».

Apareció un periodista frente al hotel entrevistando a una de las personas alojadas. Al fondo se veían coches de bomberos y de policía.

–Todavía es pronto para saberlo –dijo Jackson, pero estaba convencido de que había sido provocado.

–Dime la verdad –dijo ella mirándolo fijamente a los ojos.

–Vern lo ha hecho para sacarnos del hotel. Quiere que vuelvas con él, pero creo que también quiere alejarte de mí.

–¿Por qué?

–Piensa que soy un antiguo novio tuyo –le recordó él.

–Se me había olvidado.

–No quiere que haya competencia. No me extraña.

Si Crista fuera suya, Jackson no sabía si hubiera sido capaz de provocar un incendio en un edificio.

Ella, inquieta, volvió a fijarse en la pantalla del portátil.

–Voy a tener que romper con él, ¿verdad?

–Eso depende de ti.

–No creo que pueda casarme con alguien que me ha sido infiel –observó ella volviendo a mirar a Jackson.

–Yo no lo haría. Si un hombre te engaña, es que ha perdido el juicio.

–Eres muy amable –afirmó ella con una vaga sonrisa.

–Es la verdad.

Los dos se quedaron callados.

Él quería volver a besar sus carnosos labios con desesperación. Tenía la piel húmeda de la ducha. Y sus ojos de color verde esmeralda lo invitaban a perderse en ellos.

–Creo que hablaré con él mañana.

«¿Para decirle qué?». La pregunta sonó con tanta fuerza en el cerebro de Jackson que, por un momento, temió haberla hecho en alto.

–A no ser que haya una milagrosa explicación, le devolveré el anillo y saldré de su vida.

–No habrá milagro.

Ella asintió mientras él la agarraba de las manos. Le quitó el anillo y lo puso en la mesa que había detrás del sofá.

—Pero... —pareció que ella quisiera recuperarlo.

—¿Temes que se pierda?

—Es valioso.

—Carece de valor. Eres tú la que lo tiene.

El rostro de él se hallaba a escasos centímetros del de ella. Levantó la mano y se la puso en la cadera para deslizarla después hasta la espalda. Se inclinó hacia ella.

—Jackson —dijo ella en tono de advertencia.

—Solo es un beso. Ya lo hemos hecho antes.

Le dio unos segundos para protestar, pero ella no lo hizo, así que acercó los labios a los suyos.

Eran tan dulces como los recordaba, cálidos y tentadores. El deseo se apoderó de él y la pasión activó sus hormonas. Apretó la mano contra la espalda de ella para atraerla hacia sí.

Estiró las piernas, se las estiró a ella y se hundió en las profundidades de su boca. Ella le devolvió el beso mientras su cuerpo ligero se hundía en el sofá.

El albornoz se le aflojó y él se dio cuenta de que sería muy fácil desatárselo y abrírselo del todo para deleitarse en la vista de su cuerpo maravilloso. Pero se contuvo y la besó en el cuello.

—Jackson —gimió ella.

A él le encantó el sonido de su nombre viniendo de sus labios.

—Debemos parar —dijo ella con firmeza, lo cual le indicó que debía apartarse de ella—. Lo siento —susurró, como si lo sintiera de verdad.

—Es culpa mía —afirmó él.

—Pero yo te he devuelto el beso.

—Pero yo he comenzado.

El recurrió a toda su fuerza de voluntad y se separó unos centímetros. La miró.

—Eres increíblemente hermosa.

Ella sonrió, y su sonrisa le llegó al corazón.

—¿Cómo es posible que estés con un hombre y este mire a otra mujer?

—Puedo preguntárselo —su sonrisa se hizo más ancha.

—Debieras hacerlo. Mejor aún, lo haré yo. No, le diré que te ha perdido, que yo te he conquistado y que voy a conservarte.

—¿Mientras sigues fingiendo que eres mi exnovio? —se burló ella.

—¿Qué? Sí, claro. A eso me refería.

—Y entonces, todo esto habrá acabado —afirmó ella poniéndose seria—. Debiera estar triste. Lo estoy, pero debiera estarlo más. Debiera sentirme destrozada. Mi vida es un desastre.

—Todo irá bien.

Lo que quería decirle era que, entre los dos, solucionarían su vida, que él la ayudaría a hacerlo. Seguiría a su lado hasta que averiguara lo que sucedía con la mina de diamantes o con cualquier otra cosa que pudiera perjudicarla.

Se quedaría con ella hasta que estuviera totalmente a salvo de Vern y los Gerhard.

***

Durmieron separados. Y, por la mañana, Jackson la condujo al aparcamiento de un centro comercial a cinco kilómetros de la mansión de los Gerhard.

–Preferiría ir contigo –dijo él.

–Vern no va a intentar nada con Ellie allí –Crista estaba nerviosa, pero no tenía miedo.

A Vern no le quedaría más remedio que aceptar su decisión. No le gustaría, pero debiera entenderla, debido a su relación con Gracie Stolt.

–Provocó el incendio en el hotel –apuntó Jackson en tono duro.

–Aún no se ha demostrado que lo hiciera.

–Ahí están –Jackson dirigió el coche hacia un sedán plateado.

–¿De quién es ese coche? –preguntó Crista.

–Es de la empresa. Mac no se habrá arriesgado a llevar a Ellie a su casa para que recogiera su coche.

–Entonces llevan toda la noche juntos.

–Es lo más probable. No se lo he preguntado a Mac.

–Entonces, no le encargaste que protegiera a Ellie –una vez más, Crista se preguntó por qué seguía Jackson con ella.

–No era necesario.

Ella lo miró fijamente.

–¿Qué pasa?

–¿Por qué sigues aquí?

–¿Has oído hablar de los procedimientos de oficio?

–Eso es para los abogados.

–También para los detectives privados.

Ella no se lo creyó, pero no insistió. Él aparcó al lado del coche de Mac y Ellie.

–Ya sabes que no hace falta que rompas con él en persona –observó Jackson.

–Quiero hacerlo. Quiero verle la expresión del rostro. Será la única manera definitiva para mí.

–Puedo acompañarte.

–Lo hará Ellie. A Vern le cae bien.

Jackson le entregó un teléfono a Crista.

–Marca el uno para llamarme si ves cualquier cosa que te resulte sospechosa.

–¿Como qué? –ella pensó que Jackson estaba acostumbrado a situaciones más peligrosas que aquella. Iba a romper un compromiso, no a espiar a un gobierno extranjero.

–Lo sabrás cuando lo veas.

Ella lo puso en duda.

–Si no me has llamado dentro de un cuarto de hora, entraremos.

–¿Cómo sabrás que estamos dentro?

–El teléfono tiene un GPS muy preciso.

–No puedes entrar en la mansión, Jackson. Te detendrán.

–Que lo intenten.

–Estás loco.

–Soy precavido.

–Todo saldrá bien –afirmó ella al tiempo que agarraba el picaporte de la puerta del coche.

Él le puso la mano en el hombro.

–Cualquier cosa sospechosa –repitió él.

–De acuerdo –lo intentaría–. Supongo que

Ellie ha recibido las mismas instrucciones que yo, ¿no?

–Mac también es precavido.

–Muy bien –Crista respiró hondo y abrió la puerta.

Estaba nerviosa y se dijo que no consentiría que Jackson la pusiera aún más. Era evidente que Vern estaría enfadado y que, si Manfred y Delores estaban presentes, la conversación resultaría aún más desagradable. Pero sería solo cuestión de unos minutos y, después, ella dejaría todo aquello atrás.

Al levantarse se tocó el anillo de diamantes que se había vuelto a poner y comprobó que no la apretara. Cuando se ponía nerviosa, las manos se le hinchaban. Lo único que le faltaba era que el anillo se le quedara atascado en el dedo al tratar de devolvérselo a Vern.

Mac se bajó del sedán y sostuvo la puerta del asiento del copiloto para Crista.

–Gracias –dijo ella mientras se sentaba.

–No te olvides –dijo Mac mirando a Ellie.

–No lo haré –replicó ella.

Mac asintió y cerró la puerta.

–¿De qué no debes olvidarte? –preguntó Crista.

–No estoy segura. La lista es muy larga.

–¿Te ha dado también un teléfono?

–Lo llevo aquí –contestó ella indicando el bolsillo delantero de sus pantalones cortos.

–Nos van a tener localizadas por GPS. Y Jackson me ha dicho que nos dan quince minutos antes de que irrumpan en la mansión.

–¿Quiénes son estos dos? –preguntó Ellie mientras arrancaba.

–No lo sé. He preguntado a Jackson muchas veces por qué hace esto, pero solo he obtenido vagas respuestas.

–Está como un tren.

–¿Jackson?

–Mac.

–¿En serio?

–¿No te has dado cuenta?

–Para serte sincera, no le he prestado mucha atención.

–Pues yo sí. Pero no hablemos de mí. ¿Sabes lo que vas a decirle a Vern?

–Eso creo –había elaborado mentalmente una decena de versiones distintas–. ¿Te ha contado Mac lo de las fotos?

–Me las ha enseñado. Y no están trucadas.

–Lo sé.

Había poco tráfico, por lo que tardaron cinco minutos en llegar a la mansión.

–Vern es un indeseable.

–No sé si entrar disparando o pedirle con toda la calma del mundo una explicación.

–Yo haría lo primero.

–En cualquier caso, el resultado va a ser el mismo.

–Pero no tan satisfactorio. Tiene que saber que te ha hecho daño. Aunque dudo que le importe.

–Al menos tendré que preguntarle lo que ha pasado –afirmó Crista, que pensaba que tal vez tuviera algo que alegar en su defensa.

–Ya hemos llegado. ¿Estás segura de que estás lista?

–Quiero acabar de una vez.

Un guarda de seguridad salió por la puerta principal de la mansión en cuanto divisó el coche. Cuando vio a Crista, se detuvo. Ambas se bajaron del coche.

–He venido a ver a Vern –dijo Crista.

–Desde luego, señorita –dijo el guarda.

Por primera vez, Crista se preguntó si iría armado. Le parecía probable, por lo que no quiso pensar en lo que sucedería si aparecían Jackson y Mac.

–Tenemos que darnos prisa –le dijo a Ellie subiendo la escalera con rapidez.

Había cruzado muchas veces el vestíbulo de la mansión. Siempre le había parecido grandioso y opulento, no intimidante, como en aquel momento. Oyó que alguien bajaba por la escalera que conducía al primer piso, pero no se movió, ya que no quería alejarse de la salida. Jackson había conseguido asustarla.

Vern apareció, pero se detuvo bruscamente y frunció el ceño al ver a Ellie.

–Le he pedido yo que venga –dijo Crista.

–Que espere aquí.

–Me quedo aquí yo también. No voy a tardar mucho.

–¿Cómo que no vas a tardar mucho? –preguntó él con expresión de incredulidad–. Tenemos que hablar del futuro.

–He visto las fotos, Vern.

–¿Qué fotos?

–Las de Gracie y tú.

Él palideció levemente, y ella supo que las acusaciones eran ciertas. Pero él se recuperó y volvió al ataque.

–¿Te refieres a Gracie Stolt? Ya te dije que era una clienta.

–Es tu amante; mejor dicho, lo hubiera sido si nos hubiésemos casado.

–No sabes lo que dices –Vern se acercó a ella y endureció el tono.

–He visto…

–Me da igual lo que creas haber visto. Obviamente era falso. ¿Y tú? En un hotel con tu exnovio.

–Quería estar sola.

–Sola con él.

–Me ha estado ayudando.

–Crista –dijo Ellie tocándole el brazo.

–¿Vas a negar que te has acostado con él?

Crista fue a contestarle afirmativamente, pero se lo pensó. No estaba allí para defenderse.

–He venido a devolverte el anillo.

–No lo acepto. Podemos solucionar este asunto.

–Me has acusado de infidelidad.

–Tú lo has hecho primero.

–Porque me has sido infiel –afirmó ella, airada, señalándolo con el índice–. Yo no –agarró el anillo. Pero, como se temía, se le habían hinchado los dedos y no quería salir–. Pero voy a hacerlo –le aseguró en tono de desafío mientras seguía tirando–. Voy a ir ahora mismo a acostarme con él.

El anillo salió de manera inesperada y cayó al suelo.

–No lo harás.

–No puedes impedírmelo.

Él la agarró del brazo.

–¡Suéltame! –forcejeó, pero Vern no la soltó. Por el rabillo del ojo vio que Ellie sacaba el teléfono.

–¿Quieres que llame a la policía? –preguntó Ellie a Vern con frialdad.

Él la fulminó con la mirada, pero soltó a Crista.

–Tenemos que hablar –afirmó al tiempo que intentaba controlarse.

–Hoy no –lo único que ella deseaba era salir de allí.

–Ni nunca –apuntó Ellie.

–No lo entiendes –dijo Vern, que parecía dolido y confuso.

De repente, volvía a ser el Vern que ella conocía. Recordó lo que habían vivido juntos y sintió pena por la pérdida.

–Tengo que irme –debía ser fuerte.

Ellie le pasó el brazo por la cintura para empujarla hacia la salida. Crista vio inmediatamente el todoterreno de Jackson al comienzo del sendero que conducía a la puerta principal.

–¿Ya han pasado los quince minutos? –preguntó con voz temblorosa.

–¿Vas a acostarte con Jackson? –preguntó Ellie mientras bajaban la escalera.

–Me estaba marcando un farol.

–¿Jackson no te ha hablado del micrófono?

Mac se bajó del todoterreno y se subió al sedán para conducirlo.

–Jackson y Mac han oído todo lo que hemos dicho. Mi amenaza de llamar a la policía era la señal convenida.

–¿Había una señal convenida?

–Ve –dijo Ellie empujándola hacia la puerta abierta del todoterreno.

Temerosa de mirar atrás, Crista se montó. Jackson salió disparado.

Jackson se sintió aliviado de que Crista estuviera de vuelta. Cuando Ellie había dicho la frase convenida, se le había puesto el corazón a la garganta mientras se imaginaba escenas a cual más terrible.

–¿Estás bien?

–Enfadada.

–¿No te ha hecho daño?

–Me ha agarrado del brazo, pero me ha soltado. El anillo está en el suelo del vestíbulo –Crista se removió en el asiento–. ¿Has colocado un micrófono oculto en el teléfono de Ellie?

–Pensamos que era lo más seguro.

–¿Por qué no me lo dijiste?

–Te habrías puesta nerviosa.

–Ya lo estaba.

–En efecto. Y ya bastante nerviosa estabas como para decirte que te estaríamos escuchando.

–Has jugado sucio. Era una conversación privada.

–¿Te refieres a cuando has dicho que ibas a acostarte conmigo?

–Ha sido un farol.

–No sabes lo decepcionado que estoy.

Ella gimió, claramente avergonzada.

–Mac me ha oído, ¿verdad?

–Sí.

–Llámale para decirle que bromeaba.

–Ya lo sabe.

–No lo sabe y creerá que hay algo entre nosotros.

–¿Y no lo hay? –preguntó él mirándola.

–No. Bueno, eso no. Acabó de romper con mi prometido. El sábado estaba a punto de casarme –Crista alzó la voz–. No puede haber nada entre nosotros.

–Muy bien, te seguiré el juego.

–No te pido que me sigas el juego, sino que aceptes la realidad de la situación.

–Considérala aceptada.

–Llama a Mac –pidió ella mirándolo con recelo.

–¿Lo dices en serio?

–Sí. Me habéis grabado sin mi consentimiento y quiero que las cosas queden claras.

Jackson tuvo que contenerse para no echarse a reír. Se sacó el teléfono del bolsillo, marcó el número y lo dejó en el asiento, entre los dos.

–¿Qué pasa? –la voz de Mac contestó.

–Crista quiere que te deje claro que no va a acostarse conmigo.

–Ah, bueno –Mac se calló durante unos segundos–. ¿Por qué no?

–Porque apenas lo conozco –dijo ella.

–Es un gran tipo. Y me han dicho que es muy buen amante.

–¿Quién te lo ha dicho? ¿Melanie?

–¿Te ha hablado de Melanie?

Jackson agarró el teléfono y se lo llevo al oído.

–Basta de hablar de mí.

Mac rio.

–Cobarde –dijo Crista.

–No vamos a llevarla a su casa –comentó Jackson a Mac.

–¿Adónde la vamos a llevar?

–En principio, a la oficina.

–¿A tu oficina? –preguntó Crista.

–Sí.

–Tengo que ir a casa. Esto se ha acabado y estoy cansada de huir. Estoy segura de que Vern ha entendido el mensaje.

–Ha tratado de retenerte.

–También lo hiciste tú.

Jackson no supo qué responderle. Además, comprendía que Crista creyera que era seguro volver a su casa. Ella solo había roto con un novio que la engañaba. No sabía nada de la mina de diamantes, por lo que desconocía que los Gerhard tuvieran millones, probablemente decenas de millones, de razones para hacerla volver.

–Soy yo el que conduce.

–Si me vas a llevar a tu oficina –dijo ella después de lanzar un bufido–, Ellie viene conmigo.

Él no tuvo nada que objetar.

–Ella es mi carabina. No quiero que haya cotilleos sobre tú y yo.

—Estás obsesionada.

—Díselo.

—Mac, Crista quiere que Ellie nos acompañe.

Mac se lo preguntó y ella estuvo de acuerdo.

—Tengo que hacer un par de paradas —le dijo a Jackson—. Nos veremos allí.

Tardaron media hora en llegar a Rush Investigations. Las oficinas estaban situadas en unos almacenes reformados, cerca del río. Entraron en el recinto vallado y después en el garaje. Jackson aparcó. Había una entrada para clientes en la planta principal del edificio de cuatro plantas que había adosado al garaje. Estaba agradablemente decorada, con asientos cómodos, servicio de café y una recepcionista. Pero Jackson no solía usarla.

—¡Vaya! —exclamó Crista al bajarse del coche. Miró el altísimo techo donde se entrecruzaban vigas de metal y luces fluorescentes y su voz produjo eco—. Esto es enorme.

Una escalera conducía al segundo piso del edificio.

—Hay veces en que necesitamos tanto espacio —explicó él—. Ahora, la mayor parte de los vehículos está fuera. Por aquí —le indicó la escalera.

—¿Es muy grande la empresa? —preguntó ella.

—Ha crecido desde que comencé a trabajar. Somos unas trescientas personas.

—¿Tantas cosas suceden en Chicago que hay que investigar?

—No todos somos detectives —dijo él sonriendo—. Pero sí, suceden muchas cosas. También tenemos oficinas en Boston, Nueva York y Filadelfia.

Ella se detuvo y lo miró con el ceño fruncido.

—Sé que ya te lo he preguntado pero ¿qué haces exactamente?

—Tenemos muchos casos de personas desaparecidas. También ofrecemos servicios de seguridad y protección. Las infidelidades nos proporcionan mucho trabajo...

—Me refiero conmigo. ¿Qué estás haciendo conmigo?

Jackson sabía que, antes o después, tendría que contarle lo de la mina, pero no quería que ella se marchara corriendo, cosa que haría en cuanto supiera que su padre estaba involucrado.

—De momento, intento proporcionarte tiempo y distancia para que consideres qué posibilidades tienes.

—Ya lo he hecho y he roto mi compromiso.

—Hay otras opciones, opciones vitales, como qué vas a hacer ahora.

—¿Por qué te importa?

—Porque llevo tres días contigo.

El hecho de que él no fuera al grano, comenzó a irritarla.

—Lo que me lleva otra vez a la pregunta de por qué. ¿Quién te ha enviado? ¿Por qué fuiste a buscarme?

—Alguien me hizo una pregunta sobre Vern y me picó la curiosidad. Y me he ido metiendo cada vez más.

—Pero yo no debería preocuparte.

Él se le acercó más y bajó la voz para aumentar la intimidad de la conversación.

–Dedico mucho tiempo a cosas que no me preocupan.

–Pero te pagan por hacerlo.

Él se encogió de hombros.

–Hay formas y formas de pagar.

–Te lo digo otra vez, Jackson: no voy a acostarme contigo.

–¿Estás segura? –preguntó él al tiempo que la tomaba de la mano.

Ella no contestó.

Él rozó sus labios con los suyos.

–¿Estás segura? –insistió.

–No, ya no estoy segura de nada.

–Puedes estarlo de esto –dijo antes de besarla.

Ella respondió inmediatamente y él la abrazó con fuerza al tiempo que la besaba con mayor profundidad. Ella se apretó contra su cuerpo. El deseo se apoderó de él y le dio rienda suelta.

Se detendrían, claro que lo harían. Pero, por el momento, no le importaba nada salvo la dulzura de los labios de Crista y el aroma de su cabello.

Se oyó un ruido en las inmediaciones del almacén. Él lanzó una maldición en voz baja y dejó de besarla. Le acarició la mejilla con el pulgar.

–En algún momento conseguiremos estar solos.

–Me siento confusa.

–Yo no.

–Esto no es fácil.

Él entendía que no fuera fácil para ella, pero para él era muy sencillo. La deseaba y parecía que la atraía. Era un agradable punto de partida.

—No tenemos que tomar una decisión ahora mismo —observó él.

Ella negó levemente con la cabeza.

—No voy a empezar a salir con alguien ahora.

Él no veía la razón, pero no quiso presionarla.

—Voy a encarrilar mi vida.

—¿Por dónde quieres empezar? —él la ayudaría de buen grado.

—Por fundar mi propia empresa: Cristal Creations.

—¿No existe ya? —Jackson sabía que tenía tres tiendas en Chicago y que funcionaban bien.

—Dirijo las tres tiendas en las que se venden mis diseños de joyas, pero no son mías.

—Son de Gerhard.

—En su momento, me pareció lógico. Eran de la familia cuando las abrí.

—Así que te tiene en sus garras en lo que respecta a tu trabajo —Jackson, indignado, negó con la cabeza.

—Era lo justo. Todo lo pagó él. No tendría un negocio de no ser por él. Respaldó mis diseños como nadie lo había hecho. ¿Ves *Investors Unlimited*?

—¿Qué es eso?

—Un programa de televisión. Presentas una idea y las personas ricas que forman el jurado deciden si quieren invertir en ella. Yo estuve en el programa hace un año.

—¿Presentaste tus diseños a Vern?

—No, él no tomó parte en el programa. A nadie del jurado le interesaron. Pero Vern vio el programa y se puso en contacto conmigo.

—¿Te hizo una oferta?

—Así nos conocimos.

El momento había sido el adecuado. Jackson se percató de que podía ser una información importante. El programa podía haber sido el catalizador del engaño. Tenía que averiguar quién poseía información sobre Crista y desde cuándo.

Capítulo Siete

Crista y Ellie se hallaban a solas en una amplia y cómoda habitación de la cuarta planta del edificio de Rush Investigations. Tenía amplios ventanales, sillas y sofás y una zona de cocina donde había aperitivos y bebidas. Se oía una música suave que salía de unos altavoces empotrados en el techo.

Después de haberse servido un refresco, se instalaron en un sofá en un tranquilo rincón de la estancia. Crista se quitó las sandalias y se recogió el cabello en una cola de caballo.

Le parecía que hacía mucho que no estaba en su casa y se esforzaba en recuperar la normalidad. Ir de un lugar a otro con un hombre al que apenas conocía, desearlo y besarlo mientras pensaba en arrancarle la ropa, no era un buen plan a largo plazo. Tenía que volver a encarrilar su vida.

—Necesito los servicios de un abogado.

—Por lo menos no tienes que divorciarte de Vern —dijo Ellie—. ¿Dice algo el contrato prematrimonial sobre la ruptura? Claro que como no os habéis casado, ese contrato no cuenta.

—No teníamos contrato prematrimonial.

—¿En serio? —preguntó Ellie, sorprendida.

Crista dio un trago a su bebida y asintió.

—Pero es un tipo muy rico.

Crista lo sabía.

—Creí que era una demostración de confianza, y me sentí muy honrada.

—Es muy raro.

—Lo sé. Ahora me pregunto si no querría evitar que se planteara el tema de la infidelidad.

—Sabía que tu abogado te aconsejaría que, si te engañaba, le pidieras mucho dinero. Si se hubiera negado, tú hubieras sospechado; si hubiera estado de acuerdo, habrías conseguido una fortuna.

—Suponiendo que lo hubiera pillado engañándome.

—Tal vez hubieras debido casarte con él sin haber hecho separación de bienes para divorciarte inmediatamente después.

—No soy tan taimada.

—Le hubiera estado bien empleado.

—Lo que me preocupa es Cristal Creations.

Crista necesitaba la ayuda de un abogado para solucionar lo de su empresa. Quería que dejara de estar en manos de Gerhard Incorporated lo antes posible.

—Es tuya —afirmó Ellie—. No puede tocarla, ya que no os habéis casado.

—Los diseños de joyas son lo único que verdaderamente poseo. Las tiendas son suyas. Bueno, de su familia.

—¿Las tiendas son de los Gerhard?

—Son los dueños de los centros comerciales y de las tiendas que hay en ellos. Tengo que sacar las joyas de allí. Prefiero empezar de cero a tener que trabajar con esa familia.

–Está claro que debes llamar a un abogado.

–Ahora que todo ha terminado, me doy cuenta de hasta qué punto había puesto mi vida en manos de Vern. ¿Cómo puede ocurrir eso en tan solo un año?

Antes de que Ellie pudiera responder, Crista siguió hablando.

–Había seis damas de honor en la boda, pero solo una, tú, era amiga mía. Las otras cinco eran familiares de Vern.

–Tiene una gran familia.

–Y yo no tengo parientes. Pero ¿cinco de seis? Se diría que no tengo más amigas.

–Las tienes.

Era verdad. Crista tenía amigas a las que les hubiera encantado pedir que fueran sus damas de honor. Sin embargo, Vern, y sobre todo Delores, su madre, habían insistido en que fueran sus familiares. Crista se preguntó si no había cometido un error al ceder tan fácilmente.

–Menos mal que estaba yo.

–Menos mal que sigues estando. Toda la gente a la que veía cuando estaba con Vern era amiga de él o de la familia.

–Yo no soy amiga suya. Creo que es un imbécil.

–Ojalá me hubieras dicho algo antes. Aunque, pensándolo mejor, no te hubiese creído.

–Y no estaba segura de no equivocarme. Podía haberse tratado de un tipo estupendo.

–No tanto –Crista dio otro trago a su bebida. Tenía hambre. Consultó su reloj–. Son casi las tres. Me muero de hambre. ¿Tú no?

Ellie dirigió la vista a la cocina.

—Podemos tomar algo de aperitivo. Es el sitio adecuado.

—Ya lo creo —afirmó Crista.

—Cada vez me intrigan más estos dos hombres —observó Ellie bajando la voz.

—¿Por qué susurras?

—Porque probablemente haya micrófonos ocultos.

—¿Y el de tu teléfono? —de pronto, Crista pensó que podían estar escuchándolas.

—Está apagado. ¿Crees que podemos fiarnos de ellos?

—Me gustaría decirte que no, pero, hasta ahora, lo único que han hecho ha sido ayudarme.

—Han aparecido como llovidos del cielo.

—Es cierto, pero, sea lo que sea este asunto, Jackson no está en él en beneficio propio. Se ha portado como un caballero. No ha intentado aprovecharse de mí, ni siquiera cuando…

—¿Cuando qué?

Crista no sabía por qué había titubeado. Era una persona adulta, y Vern ya no formaba parte de su vida.

—Cuando le devolví el beso.

—¿Es que te besó él primero?

—Sí —no habérselo contado a Ellie había sido una estupidez. Al haberlo mantenido en secreto, parecía más importante de lo que había sido. Y no había sido nada.

—¿Dónde? ¿Cuándo?

—En el barco. Y en el hotel. Y también abajo, en el almacén.

–Entonces, ¿fue mutuo?

–Totalmente. Es un hombre muy sexy.

–Me alegro de saberlo –dijo Jackson desde la puerta.

Ellie lo miró con expresión divertida. A Crista comenzaron a arderle las mejillas.

–Que no se te suba a la cabeza –le previno.

–Lo intentaré.

Ella se olvidó de la vergüenza y se volvió hacia él.

–No deberías escuchar a escondidas.

–Son gajes del oficio –respondió él con ojos risueños.

–Eso no es una justificación.

–No intento justificarme –Jackson entró en la habitación, seguido de Mac.

Crista se negó a seguir sintiéndose avergonzada. Si Jackson aún no sabía que la atraía, no debía de haber prestado mucha atención. Y probablemente habría alardeado de lo ocurrido entre ellos ante Mac. Pero ella seguiría con la cabeza muy alta.

–Tengo que volver a casa –dijo al tiempo que se levantaba–. O a trabajar.

–Ibas a estar fuera las tres semanas del viaje de novios –apuntó Ellie levantándose a su vez–. Puedes tomarte unos días libres.

–No puedes volver a tu casa –dijo Jackson.

–Ven a la mía –sugirió Ellie.

–Ese será el segundo sitio al que Vern vaya a buscarla –apuntó Mac.

–¿Y qué si lo hace? –Crista no tenía la intención de seguir escondiéndose de él.

—Tómate unas vacaciones —le aconsejó Jackson—. Márchate unos días de la ciudad.

—No puede ser —no tenía dinero para hacerlo.

—Necesita a un abogado —intervino Ellie.

—Tenemos abogados —dijo Mac.

—Al final del pasillo —añadió Jackson indicándolo con la cabeza.

—¿Al final del pasillo? —preguntó Crista, asombrada.

—Los de Rush Investigations —explicó Jackson—. Son buenos. Te los presentaré.

Ella vaciló. La solución parecía muy sencilla. ¿Podía fiarse de los abogados de Jackson? Por otra parte, no podía fiarse de los de Vern. Y ella no tenía abogado. Además, lo más probable era que quien trabajara para Jackson se opusiera a Vern.

Y todo se resolvería rápidamente, lo que, en su situación, era muy conveniente.

—¿No les importará?

—¿Por qué iba a importarles?

—Porque tienen trabajo de verdad.

—Esto también es trabajo de verdad.

Ella se aproximó a Jackson al tiempo que examinaba su rostro con atención.

—¿Tramas algo?

—Sí.

Que lo admitiera sin problemas la sorprendió.

—Lo sabía —mintió ella.

—Lo que tramo es proporcionarte asesoramiento legal.

—Muy gracioso. ¿Por qué lo haces?

—Porque tu exprometido me ha exasperado.

–¿Y eso es lo que haces cuando te enfadas? ¿Proporcionar asesoramiento legal?

–No, ni por asomo –respondió él apretando los dientes.

Tenía un aspecto intimidante, y ella se puso nerviosa. Él se dio cuenta de que la había inquietado.

–No estoy enfadado contigo.

–Puede que ahora mismo no lo estés.

–Ni ahora ni nunca.

Pero a ella le resultaba fácil imaginárselo enfadado.

–Ni se te ocurra pensarlo –apuntó él negando con la cabeza–. Nunca lo estaré.

Dos días después, Jackson trataba de controlarse.

Miró a Trent Corday, que se hallaba sentado frente a él en la sala de visitas de la cárcel.

–Así que investigué a fondo a todos los que tomaron parte en Investors Unlimited, en busca de alguien que estuviera relacionado con Gerhard.

Se calló para dar tiempo a Trent a que reaccionara a la información que acababa de proporcionarle.

Cuanto más investigaba, más aumentaban sus sospechas de que Trent se hallaba involucrado.

–¿Por qué esperabas hallar una relación? –preguntó este mirándolo con absoluta tranquilidad.

–Porque los dos hechos se sucedieron en muy poco espacio de tiempo.

–Vern Gerhard debió de ver el programa –apuntó Trent.

–Pero verlo no le proporcionó información alguna sobre la mina.

–Ese programa pudo despertar su interés por Crista.

–Su interés, por sí solo, tampoco le hubiera conducido a la mina.

–No veo que eso tenga importancia –dijo Trent.

–La tiene.

Durante unos segundos, a Trent le tembló el párpado izquierdo, y Jackson supo que había hallado una grieta en su armadura. Trent estaba ansioso por averiguar cuánto sabía él.

Jackson no sabía mucho, pero fingió lo contrario con la esperanza de sacarle a Trent algo más.

–No fue nadie del programa –afirmó con convicción–, sino alguien que ya sabía lo de la mina.

–A saber cuántas personas conocían su existencia.

–A saber –dijo Jackson–. Pero los dos conocemos a alguien que la conocía.

–¿Quién?

–Tú –Jackson puso en la mesa una lista de llamadas.

–¿Qué es esto? –preguntó Trent.

–Un registro de las llamadas a la línea privada de Manfred Gerhard.

Trent no dijo nada.

–Es de tres días antes de que Investors Unlimited emitiera el programa de Crista.

Jackson esperaba que Trent reaccionara, pero no lo hizo, sino que miró la lista durante unos segundos. Después se recostó en la silla y se cruzó de brazos.

—¿Adónde quieres ir a parar?

—A esta llamada —contestó Jackson señalándosela—. Es de un teléfono de pago de esta cárcel. Tú llamaste a Manfred Gerhard antes del programa.

—Por supuesto que no —Trent fingió sentirse ofendido.

—Las llamadas hechas desde aquí se registran. Puedo pedir el registro.

—Esa llamada se hizo a las once menos cuarto de un martes. Yo trabajo en la lavandería hasta mediodía. No pude hacerla.

—Fue hace un año.

—Llevo dos años trabajando en la lavandería. Puedes preguntarle a cualquiera.

Jackson escrutó el rostro de Trent y concluyó que no había realizado la llamada. Sin embargo, era evidente que le ocultaba algo.

—¿Hay algo que no me has contado?

—Nada.

¿Quieres que proteja a Crista? —Jackson jugó su última baza apostando a que a Trent le preocuparía su hija, aunque solo fuera un poco. De otro modo, no le hubiera pedido ayuda.

—Crista está bien. La boda se ha anulado.

—Aunque así sea, Gerhard sigue vivo y quiere lo que quiere.

—No sabes nada.

—¿Tú sí? Puedo marcharme ahora mismo o puedo vigilarla más tiempo. Si intentas jugar conmigo, me marcho.

Trent no contestó. Era evidente que estaba sopesando sus posibilidades.

—La única opción que tienes es decirme la verdad.

—No llamé a los Gerhard.

—Pues dime lo que hiciste. Cuéntame lo que necesito saber o Crista tendrá que arreglárselas sola —para dar más verosimilitud a su amenaza, Jackson hizo amago de levantarse.

—Muy bien, fui yo. Le conté a un tipo lo de la mina. Pero no tuve más remedio que hacerlo.

—Siempre hay remedio —afirmó Jackson con frialdad. Le resultaba increíble que hubiera puesto en peligro a su propia hija.

—Me amenazaron con matarme.

—¿Por qué?

Trent comenzó a hablar a toda velocidad.

—Debo dinero a unos tipos. El trato era ofrecer a Crista un precio reducido por las acciones y embolsarse la diferencia. Te lo juro.

—¿Quiénes son esos tipos? ¿A quién debías dinero?

Trent titubeó, por lo que Jackson volvió a hacer ademán de levantarse.

—De acuerdo, a los Gerhard, por un asunto de unos terrenos, hace años. Les garanticé que le conseguiría los permisos para construir, pero no lo hice. Me han estado acosando desde entonces.

La revelación sorprendió a Jackson. Había catalogado a Trent como un delincuente de poca monta. No se había imaginado que estuviera implicado en tales niveles de corrupción.

—¿Cómo ibas a conseguirles los permisos?

–Conozco a un tipo.

–¿Conoces a alguien en el ayuntamiento al que se puede sobornar?

–Los Gerhard tienen hombres en la cárcel e iban a matarme. Era lo único con lo que podía negociar. No pensé que nadie fuera a hacer daño a nadie, y mucho menos a Crista.

–Le pusiste un blanco en la espalda.

Cuando me di cuenta de por dónde iban los tiros, recurrí a ti en busca de ayuda.

–Me mentiste.

–Pero hiciste el trabajo.

–¿Y ahora? –preguntó Jackson–. Los Gerhard no se han apoderado de la mina. ¿Cómo vas a pagarles, entonces?

–Les di información sobre la mina. Estamos en paz.

–¿Ya no van a matarte?

–Ese era el trato –repitió Trent con convicción. No parecía alguien que temiera por su vida.

Pero Jackson sabía que aquel asunto no había acabado. Había aprendido de su padre que los delincuentes no se dan por vencidos si aún pueden ganar algo.

–Da igual que te vayan a matar o no, pero no van a dejar en paz a tu hija.

–No era mi intención que las cosas salieran así.

–Pero han salido.

Trent tragó saliva.

–No mereces llamarte padre.

Trent no protestó. Su chulería había sido sustituida por aprensión.

–¿Cuidarás de ella?

–No debiera hacerlo –esa vez, Jackson se levantó.

–Pero ¿lo harás?

–Sí.

Trent cerró los ojos durante unos segundos.

–Gracias.

Jackson no se creyó que le estuviera agradecido. Era un perdedor egoísta que no se merecía haber tenido a Crista ni a ninguna otra hija.

Cuando hubo salido del edificio de la cárcel sacó el móvil y llamó a su amigo Tuck Tucker.

–Hola, Jackson.

–¿Podemos vernos unos minutos? –preguntó este mientras se dirigía al coche.

–¿Ahora?

–Si puedes. Es importante.

–Desde luego. ¿Dónde estás?

–En la cárcel Riverway.

–¿Nos vemos en la Copper Tavern?

–¿Dentro de un cuarto de hora?

–De acuerdo.

Mientras arrancaba, Jackson llamó a Mac.

–¿Has encontrado algo acerca de un soborno a funcionarios del ayuntamiento por parte de los Gerhard?

–¿Un soborno a cambio de qué?

–De licencias de construcción.

Mac no dijo nada.

–¿Has encontrado algo? –insistió Jackson mientras salía al camino de gravilla de acceso a la cárcel.

–Tiene lógica –dijo Mac–. El año pasado hubo una serie de decisiones municipales que se anularon para favorecerlos, lo cual es inaudito. Voy a investigarlo más.

–Intenta averiguar también algo sobre Trent Corday. Puede que esté implicado. Resulta que fue él quien dio el soplo a los Gerhard sobre la mina.

–¿Por qué lo hizo?

–Les debía dinero e intentó evitar que lo mataran.

–¿Utilizando a su hija?

–Sí. Quedarse con la mina era el precio de la deuda.

–Pero no la han conseguido –observó Mac con preocupación.

–Ya lo sé. De todos modos, Trent piensa que están en paz.

–No creo que sea así.

–Y que lo digas.

–¿Has llevado a Crista y a Ellie?

–Sí, las dejé sanas y salvas en el Gold Leaf Resort. Ellie quería reservar hora en el spa; Crista, no. Pero creo que ganará Ellie.

–Espero que Ellie consiga que se relaje y que se olvide de todo esto.

–Si hay alguien que lo pueda hacer, es Ellie.

–Voy a ver a Tuck.

–Nos vemos cuando llegues a la oficina –Mac colgó.

Jackson llegó a la Copper Tavern. Era un bar agradable, con mesas de madera y un personal que siempre estaba de buen humor y que parecía llevar allí toda la vida.

Jackson encontró aparcamiento con facilidad

debido a que era por la tarde. Entró y enseguida vio a su amigo en una mesa. Tuck lo saludó con la cabeza y le pidió a la camarera dos cervezas.

—He pedido alitas de pollo y costillas de cerdo —dijo a Jackson mientras este tomaba asiento.

—Me parece bien.

—Invitas tú —afirmó Tuck.

—Desde luego.

Tammy, la camarera, llegó con las cervezas. Saludó a Jackson, dejó las jarras y se fue.

—¿Qué pasa? —preguntó Tuck a su amigo.

—Quiero pedirte un favor.

—Tú dirás.

—Es un gran favor.

—¿Quieres que pida langosta?

Jackson se echó a reír.

—Es mucho más que eso. Quiero que compres algo en mi lugar —Jackson deslizó por la mesa hacia él la dirección de una página web—. Cristal Creations. Tienen tres tiendas en Chicago. Quiero que compres la empresa ahora y yo te la compraré dentro de dos años. Te garantizo que te daré lo que me pidas.

—¿Por qué? —preguntó Tuck al tiempo que agarraba el papel doblado.

—Necesito que mi nombre no aparezca.

—Me refiero a por qué quieres comprarla entera.

—Conozco a la dueña.

—¿Quieres decir que te acuestas con ella?

—No se trata de eso.

—No me has respondido.

–No, no me acuesto con ella. La persona que me preocupa es la diseñadora de joyas, no el dueño de la empresa, que es propiedad de Gerhard Incorporated. La diseñadora se ha peleado con ellos.

–¿Hay algo concreto que deba saber sobre esta situación? –preguntó Tuck guardándose el papel.

–Ella iba a casarse con Vern Gerhard. Se echó atrás y a él no le ha hecho mucha gracia.

–¿Pero a ti sí?

–Estoy satisfecho con lo sucedido –contestó Jackson sin ocultar su sonrisa.

–Y ahora quieres que ella deje de tener cualquier tipo de relación con ellos.

–No me fío de ellos. Son mala gente y querrán vengarse.

–Tenemos una sociedad de cartera de las Bahamas que no tiene mucha actividad.

–¿Se le puede seguir la pista hasta llegar a ti?

–Sí, pero se necesitaría tiempo y muchos abogados. No creo que nadie vaya a molestarse.

Jackson estuvo de acuerdo. Era de conocimiento público que la boda se había anulado y que Crista había salido en un programa de televisión el año anterior para conseguir inversiones en Cristal Creations. Una oferta de compra de la empresa a los Gerhard se consideraría, sobre todo, oportunista.

–Te lo agradezco mucho.

–No hay de qué. Mi hermano dirige Tucker Transportation estupendamente, por lo que debo buscar en qué entretenerme. ¿Por qué lo hizo ella? ¿Por qué dejo a su prometido?

–La engañaba.

–Vaya –dijo Tuck en tono duro.

Jackson sabía que Dixon, el hermano de Tuck, había sido víctima reciente de la infidelidad de su esposa.

–¿Hay algo más en lo que pueda ayudarte?

–Por el momento, no.

–Si se te ocurre algo, me lo dices. Dixon también te echará una mano.

–Gracias.

Se produjo un silencio.

–¿Ese tipo la engañó antes de la boda?

Jackson sacó una foto de Crista para enseñársela.

–Es la novia. Y, sí, la engaño antes de la boda.

Tuck lanzó un silbido.

–¿Me tomas el pelo?

–Es una mujer brillante, divertida, bondadosa. Gerhard es un idiota.

–O puede que esté ciego.

–Él se lo pierde.

–Y eso que tú te ganas.

–Aún no.

La camarera llegó con la bandeja de comida.

–¿Queréis algo más?

–Jackson necesita consejo porque está perdidamente enamorado.

Jackson puso los ojos en blanco ante lo absurdo de la afirmación.

Tammy dio un paso atrás y fingió mirarlo de arriba abajo.

–Declárate.

—Acabas de ganarte doble propina —afirmó Tuck.

—Que aproveche —dijo Tammy mientras se alejaba riéndose.

—No necesito que me des consejos románticos —dijo Jackson a Tuck mientras agarraba una alita.

—¿Qué vas a hacer?

—Hace menos de una semana que ella ha dejado a un hombre plantado ante el altar. No voy a atosigarla.

—Tienes que ser sincero e ir con la verdad por delante. En caso contrario, a veces se producen malentendidos.

—Que hayas tenido la suerte de conocer a Amber no significa que seas un experto.

Tuck sonrió con suficiencia al oírle pronunciar el nombre de su prometida.

—No ha sido suerte, amigo mío, sino habilidad, complejidad y…

—¿Sinceridad?

—Iba a decir ruegos. Pero vamos a hablar de la sinceridad. La confianza es lo más difícil de ganar y lo que más fácilmente se pierde.

—Hay cosas que no puedo decirle.

—¿Como qué?

—Como que su padre la ha vendido a unos criminales por una mina de diamantes.

Tuck enarcó una ceja en señal de sorpresa.

—Tendrás que darme más detalles.

—Hace años, su padre puso acciones de una mina de diamantes a su nombre. Ella no sabe que las tiene, pero su padre les habló a los Gerhard de ellas para saldar una deuda. Vern Gerhard quiere los diamantes.

–¿La familia necesita dinero?

–No, quiere dinero. Si su conducta se rigiera por lo que necesitan, hace tiempo que hubieran dejado de construir el imperio que poseen.

–¿Cuántas acciones tiene ella?

–Cuatro.

–Cuatro –repitió Tuck para buscar confirmación de que había oído bien.

–Sí.

–¿Qué va a hacer esa familia con cuatro acciones?

–Es una empresa privada. Solo hay diez acciones en el mundo entero.

–¿Posee ella el cuarenta por ciento de una mina de diamantes?

–Sí.

–¿Y hay diamantes en ella?

–Eso me han dicho.

–Tienes que contárselo.

Jackson cerró los ojos durante unos segundos.

–Lo sé.

No había vuelta de hoja. Jackson deseaba estar con Crista y que ella estuviera a salvo. Y aunque Gerhard hubiera renunciado a una prometida que había huido, no renunciaría a millones de dólares en diamantes.

Capítulo Ocho

Cuando Reginald Cooper, abogado de Jackson, había afirmado que tardarían varios días en valorar Cristal Creations y en esbozar un plan de acción, Mac había sugerido a las dos mujeres que se fueran a un balneario. Crista se había negado en redondo a dejar de nuevo la ciudad. Estaba cansada de huir de sus problemas.

Pero Ellie le había rogado que lo reconsiderara, que ir allí le daría tiempo para pensar. Jackson había señalado que el dueño del Gold Leaf Resort era cliente de Rush Investigations, por lo que el fin de semana les saldría prácticamente gratis.

Crista había acabado por ceder ante la presión conjunta de los tres.

Se hallaba con Ellie en una piscina de aguas termales al aire libre y no se había arrepentido de haber cedido. La brisa era fresca, pero el agua estaba deliciosamente tibia. Sentada en un asiento esculpido en las rocas, con un vaso de té con hielo a su lado, cerró los ojos y trató de vaciar la mente de todo pensamiento.

Hacía días que no se sentía tan tranquila. Se había calmado lo suficiente como para encarar el futuro. Tendría que buscar empleo, al menos a corto plazo. Cristal Creations estaba a punto de ser desmantelada y, sin el respaldo de los Gerhard, ella no podría permitirse pagar el alquiler de un local para que la empresa continuara.

Sabía que sus diseños eran el elemento que hacía única a Cristal Creations. Sin ellos, sería una joyería más. Seguiría diseñando, iría a ferias de joyería, trabajaría en la página web e intentaría dar a conocer la marca. Crearía joyas nuevas por las noches, en la cocina, como hacía antes de que apareciera Vern.

–¡Oh, no! –exclamó al tiempo que abría los ojos–. ¡Me había olvidado!

–¿De qué? –preguntó Ellie medio adormilada.

–De que iba a dejar el piso de alquiler en el que vivo. La semana que viene, la empresa de mudanzas vendrá a por los muebles para llevarlos a un guardamuebles.

–¿Estás sin casa?

–Es prácticamente imposible encontrar un alquiler razonable.

–Puedes venir a vivir conmigo –apuntó Ellie–. Tengo un sofá cama que es muy cómodo.

–Eres muy amable, pero no es tan sencillo. Tengo que volver a trabajar en casa.

–¿Por qué no esperas a…? –Ellie abrió mucho los ojos al mirar detrás de Crista. Esta volvió la cabeza y parpadeó varias veces, cegada por la luz del sol.

Entonces, lo vio. Era Vern, que, sonriente, caminaba hacia ellas.

–¿Cómo me ha encontrado? –no estaba asustada, sino molesta.

Las dos se levantaron. Crista se cruzó de brazos y lo miró a los ojos.

–¿A qué has venido, Vern?

–Quiero hablar contigo –respondió él con suavidad y en tono amistoso. Llevaba puesto un traje, pero se agachó y puso una rodilla en el borde de la piscina–. No me gusta nada cómo han quedado las cosas, Crista.

A ella tampoco, pero era culpa de él, y no había vuelta atrás.

–Será mejor que te vayas, Vern.

–No lo haré antes de que me hayas escuchado.

Ella negó con la cabeza. No había nada que pudiera decirle para justificar su infidelidad.

–Sé que estás disgustada.

–¿Disgustada? ¿Crees que estoy disgustada? –pensó que «furiosa» o «rabiosa» la definirían mejor. Su relación con él había sido una mentira.

–Te lo puedo explicar.

–¿Me vas a explicar lo de tu novia? ¿Me vas a explicar que tenías novia y prometida a la vez? ¿Cómo vas a hacerlo?

–Crista, no merece la pena –dijo Ellie tocándole el brazo.

Crista se esforzó en calmarse. Ellie tenía razón. No debía enfrentarse a él. Ni siquiera debía hablarle.

–No es mi novia –dijo Vern–. Fue una de esas tonterías que no duró nada. Pero me asusté. Quería pasar contigo el resto de mi vida, así que me dije que, como había pasado antes de la boda…

–¡Basta ya! –gritó Crista–. Dejad de darme explicaciones. Me engañaste y dudo mucho que lo sientas. Creo que ibas a seguir haciéndolo.

–Eso no es verdad.

–Es la pura verdad –estaba convencida.

–Te quiero, Crista. Quiero compartir mi vida contigo.

–No me quieres. No se puede querer a alguien sin desear lo mejor para él. Y tú no deseas lo mejor para mí, sino lo mejor para ti. Y estás dispuesto a sacrificarme para conseguirlo.

–Pero es que quiero lo mejor para ti. He aprendido la lección. Creí que no iba a hacerte daño. Si hubiera sabido que te iba a hacer daño…

–Cállate –le dijo Ellie interrumpiéndolo–. Cállate, Vern. Déjala en paz y vete.

–Esto no es asunto tuyo.

Una voz masculina le contestó:

–Puede que no. Pero la conversación se ha acabado.

Jackson había aparecido como llovido del cielo.

–¿Cómo…? –Crista lo miró con la boca abierta de la sorpresa.

–Vaya, vaya, vaya –dijo Vern mientras se erguía lentamente y miraba a Jackson de arriba abajo.

–Adiós, Gerhard. ¿O quieres que llame a seguridad?

–Así que estás con ella.

Jackson no contestó.

–No está conmigo ni estaba aquí hasta ahora mismo –observó Crista.

Vern la miró tratando de decidir si mentía.

–No tienes que darle explicaciones –dijo Jackson a Crista al tiempo que daba un paso hacia Vern con expresión amenazadora–. Quiere que te vayas. Puedes hacerlo por tu propio pie o en volandas, me da igual.

–Vamos –dijo Ellie a Crista agarrándola del brazo y tirando de ella hacia la escalera para salir de la piscina.

Crista se dijo que era lo mejor. No tenía nada que decirle a Vern y su presencia allí solo serviría para empeorar la situación. Salieron de la piscina y agarraron los albornoces y las toallas que habían dejado en las tumbonas.

Jackson las alcanzó en el ascensor.

–Se ha marchado.

–Me cuesta creerlo –apuntó Crista.

Llegó el ascensor y se abrieron las puertas.

–No me extraña –observó Jackson mientras se montaban.

–Voy a esconderme en la habitación –afirmó Crista.

–Tenemos que hablar –dijo él con expresión seria.

–¿No puede esperar?

–Es importante.

–Me bajaré en el bar –apuntó Ellie mientras presionaba el botón del tercer piso.

–Serán cinco minutos, diez como máximo –dijo él.

–No quiero recibir más malas noticias.

El ascensor se detuvo, se abrieron las puertas y Ellie bajó.

–Mac está por ahí –dijo Jackson.

Los ojos de Ellie se iluminaron.

–¿Ah, sí? Nos vemos después.

–Le gusta Mac –dijo Crista, contenta por su amiga, a pesar de todo.

–Y ella le gusta a él. La encontrará enseguida.

–Porque es un buen detective.

–No, porque Ellie sigue teniendo el teléfono con el GPS.

–Me ponéis paranoica.

Se miraron a los ojos mientras el ascensor subía a la suite presidencial de la planta vigésima. A pesar de que ella se resistiera, le resultaba más atractivo cada vez que lo veía.

Al llegar a la suite, Crista abrió la puerta.

–¿Quieres cambiarte? –preguntó él cuando hubieron entrado.

Ella dejó el bolso en un sillón y se apretó el cinturón del albornoz.

–¿No querías hablar?

–Sí. Te he echado mucho de menos.

A ella le había pasado lo mismo. Y sus sentimientos hacia él cada vez le resultaban más confusos. Era un hombre extraordinario, sexy, seguro de sí mismo y de una belleza clásica. Podría ser modelo. Se lo imaginó en vaqueros, con el torso desnudo en una playa barrida por el viento.

–No me mires de esa manera –dijo él.

–No te estoy mirando de ninguna manera

–Eres una mentirosa –afirmó él mientras se le acercaba.

Era verdad: le mentía y se mentía. Lo estaba mirando justamente de esa manera porque la atraía irremediablemente y la excitaba, y no entendía por qué se resistía.

—Perdona.

—¿Por qué?

—Por mentirte.

Él le apretó las manos. Después se las soltó y le puso la mano en la mejilla al tiempo que inclinaba la cabeza hacia ella.

—¿Quieres? —preguntó él.

—Sí —estaba cansada de mentir.

—¿Estás segura? Porque si lo dejamos a medias, creo que me moriré.

Crista pensó que también ella se moriría, por lo que respondió comenzando a desabotonarle la camisa.

—Estoy segura —susurró y alzó la cabeza para encontrarse con sus labios.

Él la abrazó y la besó con pasión. Ella se apretó contra él sintiendo la fuerza de su cuerpo y los latidos de su corazón. Él tiró del cinturón del albornoz y se lo abrió.

—Estoy empapada —le previno ella.

—Me da igual —le quitó el albornoz y lo tiró al suelo. Después la tomó en brazos y las chancletas cayeron junto al albornoz. El bañador le mojaría la ropa. Ella le indicó la puerta del dormitorio.

Él la llevó hasta allí y cerró la puerta después de haber entrado. La depositó en el suelo. Le peinó el cabello con los dedos. Ella terminó de desabotonarle la camisa y se la quitó, dejando a la vista sus anchos hombros y su musculoso y bronceado pecho.

–Tenía razón –murmuró ella antes de besarle el pecho.

–¿Sobre qué? –preguntó él.

–Sobre ti –volvió a besarlo.

Él le bajó una hombrera del sujetador del bikini y la besó en el hombro.

–Yo también tenía razón sobre ti –le desbrochó el sujetador, que cayó dejando al descubierto sus senos fríos y húmedos. Retrocedió para mirárselos. A ella se le endurecieron los pezones y la invadió una oleada de deseo.

–Maravillosa –susurró él.

–Tú tampoco estás mal –le deslizó los dedos desde el ombligo hasta el pecho y los hombros.

Él le agarró un seno, la volvió a besar en la boca y, con el brazo libre, la rodeó por la cintura para atraerla hacia sí.

Los besos parecían no tener fin. Ella deseaba que no lo tuvieran. Le daba igual que el mundo desapareciera. Quería que ese momento, esas sensaciones y esa felicidad que sentía con Jackson no cesaran.

Él se quitó los zapatos y se desabrochó los pantalones. En unos segundos estarían desnudos en la gran cama y, por fin, harían el amor.

–¿Tienes protección? –preguntó ella.

–Sí.

Ella retrocedió hasta que sus pantorrillas tocaron el colchón. Le sonrió con sensualidad y sintiéndose sexy y poderosa se bajó la braguita del bikini lentamente hasta quitársela y quedar desnuda frente a él.

Jackson no se movió. La miró de arriba abajo. Y luego la miró a los ojos.

–Estoy maravillado. Eres preciosa. Me da miedo tocarte. Si eres otro sueño, me sentiré muy desilusionado.

–¿Otro sueño? –preguntó ella sonriendo.

–He tenido varias docenas –se acercó a ella y se quitó los pantalones.

–Qué bien.

–No, ha sido terrible porque eran muy insatisfactorios.

Ella le rodeó el cuello con los brazos y se puso de puntillas para besarlo en la boca.

–Trataré de hacerlo mejor.

–Ya es mejor, mucho mejor –afirmó él antes de besarla.

Sus cuerpos se apretaron con fuerza. Él le acarició la espalda, las nalgas y la parte posterior de los muslos. Ella separó los pies mientras sentía las punzadas del deseo en el centro de su femineidad.

–Crista –gimió él besándole la suave piel del cuello.

–No puedo esperar más –dijo ella.

Él sacó un preservativo. Unos segundos después, la agarró de las nalgas y la levantó. Ella entrelazó las piernas en su cintura gozando de la fricción entre ambos. Lo abrazó con fuerza cuando él la penetró. Y gimió. Lo que sentía no solo era agradable, sino brillante, intenso y maravilloso. Apenas habían comenzado y se sentía volar en mil direcciones distintas. Su mente explotó en colores y gritó el nombre de él.

Jackson se quedó inmóvil parta darle tiempo a recuperar la respiración.

–Lo siento –dijo ella.

–¿Qué es lo que sientes?

–No quería… No sé lo que me ha pasado. No soy… –normalmente no reaccionaba así.

Él la besó para impedirla que siguiera hablando.

–Ha sido estupendo. Y me siento honrado. Y podemos volver a empezar. Tal vez sea mejor la próxima vez –observó él con voz risueña.

Ella iba a decirle que no habría segunda vez. Cuando acababa, acababa. Pero sería paciente con él.

Jackson le rozó un pezón con el pulgar y su cuerpo volvió a la vida. Después, la besó en la boca, y el deseo resurgió en ella.

Llena de curiosidad, le acarició la lengua con la suya.

–Madre mía –murmuró.

Él flexionó las caderas y comenzó a moverse de nuevo. La excitación le hizo cosquillas a Crista en el estómago y se le extendió por los muslos. Ante las embestidas de él, volvió a perder la noción del tiempo y alcanzó cimas inimaginables.

Cuando hubieron acabado, se dejaron caer juntos en la cama, él encima de ella y ella enlazada a él. Crista no podía moverse. Ni siquiera sabía si respiraba. Era incapaz de hablar, a pesar de que quería decirle a Jackson que era un hombre fantástico y ella que nunca había hecho el amor así.

Pasaron varios minutos hasta que ambos volvieron a respirar con normalidad. Fue él quién habló primero.

—Esto ha sido la mezcla perfecta de todos mis sueños.

Ella sintió una opresión en el pecho. No sabía qué sucedería más tarde, pero ya se preocuparía cuando llegara el momento. En aquellos instantes, lo único que le pedía a la vida era disfrutar del calor de Jackson.

Jackson abrazó a Crista con fuerza cuando ella se acurrucó y le puso la cabeza en el hombro. Lo único que se le ocurrió fue lo cerca que había estado de perderse aquello. Si hubiera vacilado cuando se hallaba frente a la catedral, si hubiera dejado que ella entrara, Crista estaría casada con Gerhard y fuera de su alcance.

Extendió la manta sobre ellos. Quería pedir champán y fresas, seguir en aquella cama durante horas, riéndose con ella, preguntándole por su infancia, sus amigos y sus diseños de joyas. Pero no podía permitirse ese lujo, ya que había pospuesto demasiado tiempo lo que tenía que decirle.

Crista debía enterarse de que era multimillonaria y de que lo único que quería Gerhard era su dinero.

—La mina Borezone —le susurró al oído.

Ella ladeó la cabeza para mirarlo mientras en sus labios se dibujaba una sonrisa.

—No era eso lo que esperaba que dijeras.

—¿Quieres que te vuelva a decir que has estado

fantástica? Porque es así –observó él mientras le apartaba un mechón de la frente. Ella negó con la cabeza–. Pero tenemos que hablar. ¿Has oído hablar de la mina Borezone?

–No.

–Hace unos años se pusieron varias acciones de la mina a tu nombre.

Ella se irguió, apoyándose en un codo, con expresión de curiosidad.

–¿Fue por error?

–Lo dudo, pero no importa. Lo importante es que eres la dueña.

–¿Cómo lo sabes?

–Lo ha descubierto Mac –Jackson esperaba no tener que mencionar a su padre.

–Muy bien. ¿Debo devolverlas?

–No.

–No entiendo dónde quieres ir a parar.

Jackson se sentó en la cama.

–El caso es que Gerhard sabe lo de las acciones.

–¿Cómo se ha enterado? –preguntó ella con el ceño fruncido.

–No lo sé –contestó él con sinceridad.

Ella se sentó a su vez y se envolvió en la manta.

–Creo que sé lo que ha pasado. Ha sido mi padre.

Jackson se quedó sorprendido ante la rapidez con la que lo había adivinado.

–¿Es una mina ilegal? –preguntó ella en tono preocupado.

–No. Se halla en el norte de Canadá y es totalmente legal.

–Si mi padre se halla implicado, seguro que se trata de un chanchullo.

–Tenemos que hablar de Vern.

–¿En serio? –preguntó ella, que se estaba impacientando–. ¿Tiene que ser ahora?

–Sabe lo de la mina.

–¿Y?

–Quiere apoderarse de tus acciones. De eso se trata.

Ella parpadeó mientras asimilaba la información.

–¿Me estás diciendo que Vern quería casarse conmigo por la mina? ¿Que no sentía nada por mí? –preguntó ella, enfadada. Saltó de la cama envuelta en la manta–. ¿Por qué dices eso?

–Quiero que estés a salvo.

–Hubo algo, Jackson. No soy tan ingenua. No pudo fingir todo el tiempo.

Jackson se dio cuenta de que había cometido un error garrafal. No podía haber elegido peor momento para mantener aquella conversación.

–Voy a volver a empezar. Mejor dicho, olvídalo por ahora. Podemos hablar más tarde. Tengo hambre.

–Ah, no –ella negó con la cabeza de forma vehemente–. Quiero que termines de contarme cómo mi prometido me ha estado embaucando y tomando el pelo durante un año para apoderarse de unas cuantas acciones de una mina.

–Solo quiero que estés a salvo.

–Puesto que la boda se ha anulado, gracias a ti, por cierto, no veo por qué no voy a estarlo.

–Gerhard no es un buen hombre. Ni tampoco su padre. Toda la familia es sospechosa. Creemos que han tratado de sobornar a funcionarios del ayuntamiento para obtener licencias de construcción. Mac lo está investigando. Y podrían ir a por ti debido a que tienes acciones de una mina de diamantes.

–¿Es una mina de diamantes?

–Sí.

–Tiene que haber un error –su enfado se transformó en confusión–. Los Gerhard no necesitan dinero. Es lo último que le hace falta a esa familia.

–Estoy de acuerdo.

–Entonces, ¿por qué les iba a importar lo que yo pueda tener?

–Pues les importa.

–Esa es tu teoría.

–Tienes razón, es una teoría. Pero sé que estoy en lo cierto. No van a dejarte en paz. Recurrirán a todo tipo de artimañas para conseguir que vuelvas. Debes confiar en mí.

–¿Por qué me has hecho el amor? –preguntó ella sentándose en el borde de la cama.

La pregunta lo pilló desprevenido y no supo qué contestar, así que dijo la verdad.

–Porque no he podido contenerme.

–¿Lo has intentado? –preguntó ella con el ceño fruncido.

–Hoy no –intentó agarrarle la mano, pero ella la apartó.

–¿Vas detrás de la mina de diamantes, Jackson? ¿Por eso has estado conmigo todo este tiempo?

–No, la mina no tiene nada que ver con nosotros.

–Pues a mí me parece que tiene mucho que ver.

–Estoy aquí para protegerte. Y punto.

–Ni siquiera me conoces.

–No es cierto. No te conocía el día de la boda. Pero ahora te conozco y me importas. Y no voy a dejarte sola para que los Gerhard te claven las garras.

–Por mí pueden quedarse con la mina. No la quiero. No me importa.

–Pues debería. Te ayudará a volver a montar tu empresa.

–¿Cómo va a hacerlo? ¿Por qué es esto tan importante?

–Estamos hablando de delincuentes, Crista. Y no tienen derecho a esa mina ni a…

–Me da igual –gritó ella.

–Crista, esa mina vale cientos de millones de dólares. Y tú posees el cuarenta por ciento.

Ella se puso pálida y se encogió de hombros. Se abrazó el estómago como si quisiera protegerse.

Jackson no sabía qué decir y no quería empeorar las cosas.

–Eso es imposible –dijo ella en voz baja.

–Para Vern Gerhard representas millones de dólares –afirmó él poniéndole la mano en el hombro.

–No quería que hiciéramos separación de bienes –alzó la cabeza para mirarlo–. Y yo creí que lo hacía porque confiaba en mí.

Jackson cedió al impulso de abrazarla.

–Eso era lo que deseaba que pensaras. Tú eres una persona buena y digna de confianza.

–¿Por qué no me lo dijiste?

–Acabo de hacerlo.

–¿Por qué no me lo dijiste antes?

–Ni siquiera te creíste que te engañaba. Necesitaba que confiaras en mí.

–No lo hago.

–Lo sé, pero no podía esperar más. Cuando lo vi en la piscina, supe que había llegado la hora de la verdad.

–De eso hace dos horas.

–También lo sé –dijo él con voz ronca al tiempo que la apretaba más contra sí–. Pero supuse que conmigo estarías a salvo.

–Además, querías que estuviera desnuda antes de confesármelo.

–¿Debo disculparme por eso?

–¿Lo sientes?

–No lamento en absoluto haber hecho el amor contigo.

–La mina tiene que ser un chanchullo de mi padre –afirmó ella con convicción–. Quiere que se crea que tiene mucho valor, pero resultará que carece de él por completo.

Jackson sabía que no era así, pero no quería pelearse con ella. Era mejor esperar.

–Aunque fuera un chanchullo, el problema es que Gerhard cree que es verdad.

–No puede robarme algo que no tengo.

–Pero puede hacerte daño mientras lo intenta.

–Me mantendré alejada de él.

–Es una buena decisión. Concédeme el beneficio de la duda y te enseñaré las pruebas definitivas cuando volvamos a Chicago.

–Muy bien, me lo creeré cuando lo vea. Supongo que, entonces, habrá acabado tu trabajo.

–En efecto.

–¿Te irás? –alzó la cabeza hacia él. Era evidente que quería aparentar valor, pero mostraba vulnerabilidad.

–No me iré –aunque su trabajo hubiera terminado, no estaba dispuesto a dejarla. Ni mucho menos.

Capítulo Nueve

–Lo único que necesito es volver a la normalidad –dijo Crista, que se hallaba con Ellie, Mac y Jackson en el campo de golf del balneario. Aunque su vida fuera un caos, podría seguir adelante con un mínimo esfuerzo.

–Puedes quedarte conmigo todo el tiempo que quieras –afirmó Ellie al tiempo que se preparaba para golpear la bola.

–Concéntrate –le dijo Mac.

Estaban en el quinto hoyo. Jackson y Crista les llevaban ventaja, gracias al primero.

–Estoy concentrada –afirmó Ellie.

–Le estás dando consejos a Crista sobre su vida.

–Puedo hacer varias cosas a la vez –Ellie golpeó la pelota y la mandó mucho más lejos del hoyo. Mac gimió.

–No sé la fuerza que tengo –comentó Ellie, y añadió dirigiéndose a Crista–: No sé por qué tienes tanta prisa en encontrar piso para alquilar.

–¿Por qué vas a alquilar? –preguntó Jackson mientras se disponía a golpear la pelota–. Ahora el mercado ofrece buenas posibilidades. Debieras comprar.

–¿Por qué puede él golpear y dar consejos a la vez? –preguntó Ellie.

–Porque sabe lo que hace –contestó Mac.

–Y porque no es tu pareja –respondió ella haciendo una mueca.

Jackson metió la bola en el hoyo.

–Es cierto –observó Mac. Pero, sobre todo, es porque sabe lo que hace.

–Y porque no acepto que me dé órdenes –bromeó Jackson sacando su bola del quinto hoyo.

–Yo tampoco –aseguró Ellie.

–Eso lo tengo muy claro –afirmó Mac.

–Yo aceptaría órdenes –intervino Crista– si me parecieran buenas. Las decisiones que he tomado últimamente no han sido precisamente así.

–Cómprate una casa –le aconsejó Jackson–. Ahora no te costará mucho y, dentro de unos años, obtendrás un jugoso beneficio.

–No tengo dinero para la entrada – apuntó ella situándose para golpear la bola. Lo hizo y fue directa al hoyo.

–Muy bien –dijo Mac, y Ellie le dio un codazo en las costillas. Él la agarró, la giró hacia él y la besó en los labios.

–Tienes una mina que vale millones –dijo Jackson a Crista–. La entrada de una casa no será un problema.

–No quiero saber nada de esa mina.

–No seas ridícula.

–Es legal –dijo Mac.

–Puede que lo parezca –afirmó ella–. Pero estoy segura de que el FBI no tardará en llamar a mi puerta.

–Reginald puede confirmar su autenticidad.

–Reginald ya está haciendo bastante por mí. Además, hacer preguntas solo alertará antes a las autoridades. Ya tengo suficientes cosas de que preocuparme para hacerlo de los chanchullos de mi padre. No voy a pensar en esa mina y quiero que tú hagas lo mismo –lo miró fijamente.

–Muy bien. No hablaremos con Reginald.

–Está preso.

–¿Reginald?

–Muy gracioso. Mi padre está en la cárcel por fraude y falsificación.

–Ya lo sé. Lo investigamos. Buen tiro, Mac –añadió Jackson dirigiéndose a este, que acababa de lanzar.

–¿No te dice nada que mi padre sea un falsificador y un timador? –preguntó Crista.

–Mi padre también cumple condena.

–¿En serio?

–Por desfalco. Lo detuvieron cuando yo tenía trece años. No lo visito. En realidad, no quiero hablar de ello.

–¿Te molesta?

–No pienso en ello todos los días.

–¿Te preocupa llegar a ser como él? –a ella le preocupaba. La mitad de su herencia genética era de su padre; la otra mitad, de su madre, que se había casado con un timador. Y ella había estado a punto de hacerlo.

–¿Te parezco un delincuente? –preguntó Jackson.

–Creo que no. Estás del otro lado, ya que luchas contra los delincuentes. Pero eso demuestra que tienes una obsesión con el mundo de la delincuencia.

—No lo soy, Crista, ni tú tampoco. Nuestros padres han tomado sus propias decisiones, equivocadas, como es obvio. Pero no somos ellos.

—Mi madre se casó con él.

—Pero tú no te has casado con Gerhard.

Ellie lanzó, pero la pelota no llegó al hoyo.

—No voy a comprar una casa —dijo Crista.

—Es una pena que te vayas a gastar el dinero en un alquiler, sobre todo cuando estás intentando establecer tu negocio.

—Ya me las arreglaré.

—Cada centavo que te gastes en el alquiler se lo quitas a Cristal Creations.

—Es la solución más práctica.

—Puede que sea una solución, pero no es práctica.

—Es tan práctica como comprar una casa.

—Una propiedad siempre es una inversión rentable.

Crista echó a andar hacia donde tenía los palos, pero él la agarró de la mano y la detuvo.

—Espera. Tengo una idea mejor.

—No quiero oírla.

—Es una buena idea.

Ella se volvió al tiempo que lanzaba un suspiro de irritación.

—¿No podemos limitarnos a jugar al golf?

—Vente a vivir conmigo.

Ella lo miró, atónita. ¿Había oído bien?

—Tengo tres dormitorios. No quiero decir que

tengas que tener tu propia habitación. Me gusta dormir contigo. Me encanta. Y me gustaría seguir haciéndolo, Crista. Es un plan estupendo. Gerhard te dejaría en paz si yo estuviera contigo. Y bueno…

Miró al vacío. Era evidente que estaba reflexionando.

–¿Jackson?

Como no le respondió, ella agitó una mano frente a su rostro.

–Tengo la solución –dijo él–. Es muy sencilla.

–No voy a mudarme a tu casa –apenas se conocían.

–Cásate conmigo –él la tomó de las manos y la miró con determinación.

Ella abrió la boca y la volvió a cerrar.

–Es un plan perfecto –afirmó él, parecía que completamente en serio.

–Mac –gritó ella–. A Jackson le pasa algo terrible.

–¿Qué pasa? –preguntó Mac dirigiéndose rápidamente hacia ellos.

–En Las Vegas –dijo Jackson, que seguía mirándola a los ojos–. Podemos ir en el jet de Tuck a Las Vegas.

–¿Le ha pasado esto antes? –preguntó Crista a Mac.

–¿El qué?

–Le he propuesto que se case conmigo.

–No –dijo Mac–. Nunca le había pasado.

–¿Qué sucede? –Ellie se acercó a ellos.

–Jackson le ha pedido a Crista que se case con él.

146

–¿De verdad? –preguntó Ellie con una sonrisa radiante.

–Un poco de seriedad, Ellie –dijo Crista.

Ellie se puso seria y bajó la voz.

–¿De verdad?

–No. Está bromeando o ha perdido el juicio –miró a Jackson–. ¿Se te ha pasado ya ese arrebato de locura o lo que fuese?

–Es un plan perfecto. Si se casa conmigo, Gerhard tendrá que darse por vencido y desaparecer.

Ni Mac ni Ellie se lo discutieron.

–Un plan perfecto –dijo Crista en tono sarcástico–. ¿Qué podría salir mal? Un momento. Estaría casada con alguien a quien apenas conozco.

–Pero sería por una buena causa –apuntó Mac.

–¿Es que encima vas a animarlo? –le preguntó Crista.

–Podemos divorciarnos si no funciona –observó Jackson.

–No va a funcionar –dijo Crista, que comenzaba aponerse histérica– porque no va a suceder.

–Como ocurre en los matrimonios –prosiguió él como si no la hubiera oído.

Crista pensó que le estaban tomando el pelo. Miró a los dos hombres.

–¿Es una broma? ¿Os estáis burlando?

Ellos se miraron.

–No –respondió Jackson–. No suelo proponer matrimonio todos los días. Y nunca bromearía con eso.

–Muy bien –dijo ella soltándose de su mano–. Lo que tú digas. Voy al punto de salida del sexto hoyo. ¿Alguien quiere acompañarme?

–Yo –dijo Ellie, y echó a andar a su lado–. ¿Qué ha pasado?

–Estábamos hablando de alquileres y, de pronto, me ha salido con que tenía que comprarme una casa. No, mejor aún, irme a vivir con él. No, todavía mejor, casarme con él.

Ellie soltó una risita.

–No tiene gracia.

–Un poco sí.

–Vale, un poco.

–Debes de gustarle.

–Claro que le gusto. Y le gusta acostarse conmigo. ¿A quién no le gustaría…? –Crista se calló. Había estado a punto de decir que el sexo entre ellos había sido alucinante la noche anterior y esa mañana.

–¿Tan bueno ha sido? –preguntó Ellie con voz risueña.

–Tardaríamos en cansarnos del sexo –reconoció Crista.

–Yo tampoco me cansaría de Mac.

–¿Os habéis acostado?

–¿Por qué crees que estaba aquí a la hora del desayuno?

–Creí que había venido a buscar a Jackson.

–No eres la única que está solicitada.

–No era mi intención…

Ellie se echó a reír.

–Mac es estupendo. Y tiene un elevado concepto de Jackson.

–Jackson también me parece estupendo.

–¿Pero no vas a casarte con él?

148

–¿Qué mujer en sus cabales lo haría?

–¿Vas a vivir con él?

–No.

–Podría ser una relación platónica.

–No lo sería –Crista tenía la certeza absoluta.

–Yo solo puedo ofrecerte un sofá.

–Me vale –llegaron al punto de partida del sexto hoyo y se detuvieron–. Voy a olvidarme de esta locura de semana; no, de esta locura de año. En cuanto Reginald solucione los detalles, empezaré a trabajar en la refundación de Cristal Creations y, después, buscaré piso.

–Tu proposición de matrimonio fue de lo más inadecuada –dijo Mac al día siguiente. Habían vuelto a Chicago y estaban en casa de Jackson. Crista se había mudado a casa de Ellie.

–No fue mala idea –contraatacó Jackson.

–Casi no conoces a Crista.

–La conozco mejor de lo que ella conocía a Gerhard.

–No sé adónde quieres ir a parar.

–Me refiero a que ella estuvo de acuerdo en casarse y él la engañaba desde el primer día.

–Creo que esta vez te ha agarrado con fuerza.

–¿Tú crees? –incluso en aquel momento, al mirar alrededor, lo único que se le ocurría era lo bonito que sería ver a Crista en el sofá, en el sillón de cuero o sentada a la mesa del comedor.

No estaba claro lo que sucedería entre los dos. Estaba pensando en invitarla a cenar. Habría velas y vino, tal vez flores, para convencerla de que se quedara un par de noches con él.

—Puede que haya llegado la hora de seguir hacia delante. Ella ya sabe lo que debe hacer y no va dar a ese tipo ni la hora —observó Mac.

Jackson estaba de acuerdo, pero seguía sin fiarse de Gerhard.

—Si quieres salir con ella, hazlo —le aconsejó Mac—. Pero deja de fingir que quieres protegerla.

Sonó el móvil de Jackson.

—Hola, Tuck

—Ya está hecho —dijo este.

—¿Lo de Cristal Creations?

—Ha sido una negociación difícil, porque el padre de Vern Gerhard ha pedido el doble del valor de mercado estimado. Espero que ella se lo merezca.

—Se lo merece. ¿Lo sabe ya?

—Nuestro hombre en las Bahamas acaba de llamar a Reginald.

—¿Y él no va a enterarse de que detrás de la compra está Tucker Transportation?

—No. ¿Quieres que lo sepa?

—No. ¿A Dixon le parece bien todo esto?

—Sí. Le he dicho que te has enamorado.

Sus palabras pillaron a Jackson desprevenido.

—No estoy enamorado.

Mac sonrió desde el otro lado de la habitación.

—Tú sigue intentando convencerte de eso —apuntó Tuck—. Llegará un momento en que no puedas seguir haciéndolo.

—Estás chalado.

–Conozco las señales –dijo Tuck.

–Voy a colgar.

–¿Ya te la imaginas vestida de blanco? –preguntó su amigo.

–Me la imagino en Las Vegas –Jackson se arrepintió de inmediato de sus palabras.

–Te prestaré un jet si me dejas ser el padrino.

–Adiós, Tuck –Jackson recordó el gran favor que le acaba de hacer–. Y gracias. Muchas gracias.

–De nada. Es lo más divertido que he hecho en las últimas semanas.

Jackson colgó.

–Tucker Transportation ha comprado Cristal Creations en secreto –le dijo a Mac.

–Podías haberlo hecho como se hacía antes.

–¿A qué te refieres?

–A salir con ella, a ganártela. Y cuando te corresponda, volver a pedirle que se case contigo.

–Por favor…

–No tienes que seguir siendo su guardaespaldas. Sois dos personas como las demás.

A Jackson, sin saber por qué, lo ofendieron sus palabras.

–Ella no es como las demás.

–Y tú no estás enamorado.

–Hablemos de Ellie y de ti.

–La acabo de conocer.

–Sí, pero te estás enamorando.

–Te olvidas de que no le he propuesto que se case conmigo. Esa una mujer fuerte e inteligente, y no consentiría que jugasen con ella.

–¿Te preocupa?

–No, ya que no voy a jugar con ella.

La situación de Mac con Ellie era muy sencilla, en tanto que la de Jackson con Crista era todo lo contrario. Jackson sabía lo que a ella le parecía su padre. Si le decía que había trabajado para Trent, no confiaría en él. Pero, si no se lo contaba, su relación se construiría sobre una mentira.

No tenía elección. Para seguir adelante tenía que ser sincero con ella y arriesgarse a que lo dejara.

Crista colgó. La cabeza le daba vueltas debido a la noticia.

–¿Qué pasa? –preguntó Ellie, que se hallaba en la pequeña cocina de su piso cortando espinacas para hacer una ensalada.

–Reginald me ha dicho que han comprado Cristal Creations a los Gerhard. Reginald dice que sigo teniendo los derechos de los diseños.

–¿Y eso es bueno?

–Eso creo. Me ha dicho que los nuevos dueños quieren que sea yo la que dirija la empresa. Está emocionado con la venta.

–¿Quién la ha comprado?

–Un grupo de inversores anónimos.

–¿No te parece un poco raro?

–Confío en Reginald. Y seguro que es mejor que estar en manos de Gerhard Incorporated.

Crista se dijo que había que ser práctica y no dejarse llevar por la emoción. Reprimió el deseo de llamar a Jackson. Sabía que la venta no tenía nada que ver con él y que lo más probable era que ni le interesara. Pero, de todos modos, le gustaría contárselo y saber su opinión.

–No tengo otro remedio, ya que no la puedo comprar yo.

–¿Cuánto han pagado por ella?

–Es confidencial.

–Si ha sido más de cincuenta pavos, no hubieras podido pagarlo.

–Tampoco estoy tan mal –protestó Crista.

–Vaya, se me ha olvidado comprar almendras para la ensalada.

–No pasa nada –dijo Crista al tiempo que se levantaba–. Bajo a por ellas. Me vendrá bien el aire fresco –y, asimismo, necesitaba un poco de tiempo para pensar.

–Compra también limas.

–De acuerdo.

La tarde era cálida, por lo que se puso unas sandalias. Llevaba una camiseta y unos pantalones cortos. Se recogió el cabello en una cola de caballo y se despidió de Ellie.

El sol se estaba poniendo. Ellie vivía encima de una floristería que estaba cerca de una tienda de ropa femenina y una juguetería. La hora punta había terminado, por lo que el tráfico era escaso.

Se detuvo en la esquina esperando a que cambiara el semáforo. Una camioneta se detuvo ante él y un sedán plateado lo hizo detrás. La puerta de la camioneta se abrió y un hombre saltó de ella. Crista se hizo a un lado para dejarlo pasar.

De pronto sintió que la empujaban por detrás.

El hombre la miró a los ojos, se apartó y ella salió disparada hacia delante.

–¡Eh! –gritó, enfadada.

De pronto, se encontró dentro de la camioneta, cuya puerta se cerró. Gritó, pero una mano en la boca la silenció al mismo tiempo que un brazo la rodeaba como una banda de acero. La bocina sonó y la camioneta arrancó.

Le cubrieron la cabeza con una capucha. Estaba aterrorizada.

–Estate callada –le ordenó una voz ronca.

Ella no estaba dispuesta.

–¿Qué están…?

–Cállate –repitió la voz al tiempo que la mano volvía a taparle la boca.

Crista notó que el vehículo se detenía y gritó con toda la fuerza de sus pulmones. La mano volvió a hacerla callar y el hombre lanzó un juramento.

–Me está dejando sordo –gritó el hombre.

–Crista, para –dijo otra voz.

Ella se quedó paralizada. Conocía esa voz, lo cual la asustó aún más.

–¿Vern?

–Nadie va a hacerte daño.

–¿Qué estás haciendo?

–Tenemos que hablar.

–¿Me has secuestrado?

–Debieras estar acostumbrada –contestó él con frialdad.

Ella pateó el respaldo del asiento del conductor. Las piernas era lo único que podía mover.

–Agárrala para que no pueda moverse –dijo una tercera voz.

–Soltadme –exigió ella–. Esto es ilegal. Os van a detener.

–¿Como a Jackson Rush?

–Él tenía motivos para hacer lo que hizo.

–Y yo tengo los míos.

–No puedes hacer esto, Vern. Sea lo que sea lo que intentas conseguir, no te va a salir bien.

–Quítale el móvil –dijo Vern.

Crista sintió que una mano se introducía en su bolso y rebuscaba en él.

–Ya lo tengo –dijo la voz del hombre que estaba a su lado.

–Tíralo por la ventanilla –le ordenó Vern.

Jackson podía haber rastreado su móvil. Al ver que no volvía, Ellie se preocuparía y lo llamaría. Y este habría sabido cómo tener acceso al GPS.

Oyó que una ventanilla se bajaba y que aumentaba el ruido procedente de la calle. El móvil estaría ya en una alcantarilla.

Se hallaba a merced de Vern.

Y no sabía lo que eso significaba ya que, en realidad, no lo conocía. El Vern con el que iba a haberse casado no la hubiera secuestrado, engañado, ni aterrorizado de esa manera. Sintió la boca seca y un escalofrío la recorrió de arriba abajo. Estaba en las garras de un desconocido.

Capítulo Diez

–No contesta –dijo Jackson a Mac. Su enfado se estaba transformando en preocupación.

–Tal vez no quiera hablar contigo.

–¿Por qué no iba a querer hacerlo?

Jackson no esperaba que lo llamara en cuanto hubiera hablado con Reginald, pero no entendía por qué no iba a decirle que Cristal Creations se había vendido.

–Solo han pasado diez horas desde que os visteis.

–No se trata de eso, sino de la gran noticia que ha recibido en ese tiempo.

Jackson estaba seguro de que Reginald ya la había llamado.

–Estás obsesionado.

Jackson solo quería hablar con Crista. ¿Era eso una obsesión?

–Llama a Ellie –le dijo a Mac–. Pregúntale si Crista está con ella.

Jackson volvió a llamar a Crista y el buzón de voz saltó de nuevo.

–Tal vez esté hablando con alguien.

–¿Durante tres cuartos de hora?

–O puede que lo tenga apagado.

–¿Por qué iba a haberlo apagado?

–Porque esté duchándose, durmiendo o en la cama con otro…

–No está en la cama con otro –a Jackson, la mera idea le revolvió el estómago–. Llama a Ellie.

–Muy bien –dijo Mac mientras marcaba el número–. Voy a parecer idiota, así que me debes una.

Jackson asintió.

–Hola, Ellie.

Jackson notó que la voz le cambiaba al hablar con ella. Era evidente que le gustaba más de lo que estaba dispuesto a reconocer.

–¿En serio? –el tono de Mac alertó a Jackson–. ¿Cuándo? ¿La has llamado?

Jackson se puso en pie de un salto.

–Vamos para allá –dijo Mac levantándose a su vez.

–¿Qué pasa? –gritó Jackson.

–Crista ha bajado a comprar y no ha vuelto.

–¿Cuándo? –preguntó Jackson dirigiéndose a la puerta.

–Hace más de una hora. Ellie estaba a punto de llamarnos. Ha ido a comprar a dos manzanas del piso de Ellie.

Jackson lanzó una maldición y abrió la puerta.

–No llegues a conclusiones precipitadas –dijo Mac.

–Gerhard la tiene. No debí haberla dejado sola.

–No puedes vigilarla el resto de su vida.

–Pero podía haberlo hecho al menos hasta que acabara esta semana.

–¿Quieres que conduzca yo?

–No –Jackson no podía en aquellos momentos estar sin hacer nada.

–Jackson, tenemos que tratar este caso como cualquier otro. La emoción te está ofuscando.

–No estoy ofuscado –le aseguró Jackson mientras abría la puerta del todoterreno–. Vuelve a llamar a Ellie y que te dé todos los detalles que pueda.

Jackson arrancó y aceleró mientras se devanaba los sesos pensando adónde la habrían llevado. La mansión era demasiado obvia. ¿La amenazarían? ¿Se enfrentaría Crista a ellos? Le aterrorizaba pensar que pudiera hacerlo.

De pronto se le ocurrió una idea. Llamó a Rush Investigations y pidió a los empleados del turno de noche que localizaran el móvil de Crista. Tardó unos segundos en saber que se hallaba al sureste del piso de Ellie.

–El teléfono está en las esquina de la calle Edwards con la Noventa y Cinco. Está estacionario.

–Lo han tirado.

–Es muy probable.

–Sabían que la llamarías.

Jackson giró bruscamente a la derecha.

–¿Adónde vamos?

–A la oficina. Llámales y diles que quiero una lista de todos los vehículos de los Gerhard. Dales la dirección de Ellie y diles que busquen cámaras de seguridad en las tiendas de los alrededores que nos puedan proporcionar imágenes.

–De acuerdo –dijo Mac.

–Y los edificios de Gerhard. Que localicen todos los edificios que le pertenezcan. Los quiero situados en un mapa para cuando lleguemos.

—Muy bien, jefe —Mac comenzó a dar instrucciones telefónicas.

Jackson aceleró.

Cuando le quitaron la capucha, Crista se hallaba en un frío almacén de suelo de cemento, paredes de metal y techo alto. Los escasos fluorescentes que colgaban de las vigas apenas disipaban las sombras. Había estantes oxidados y viejos bidones de acero, además de montones de leña apilada de cualquier manera contra las paredes.

La sentaron en una vieja silla plegable cerca de una mesa desvencijada y otras tres sillas. Le ataron las manos a la espalda, pero al menos veía.

Vern y Manfred, su padre, se hallaban frente a ella, acompañados de otro hombre al que no reconoció. Dos guardaespaldas al lado de una puerta cercana le daban la espalda.

—¿Qué quieres? —preguntó a Vern.

Estaba aterrorizada y, a la vez, la situación le parecía tan absurda que no se la tomaba en serio. Era como si Vern y Manfred estuvieran actuando. Y durante unos segundos creyó que iba a echarse a reír. Pero esa impresión se disipó y se estremeció de miedo y frío. Nadie actuaba. Corría verdadero peligro.

—Quiero que te cases conmigo inmediatamente. Si lo haces, te prometo que te concederé el divorcio en un plazo de dos meses —Manfred carraspeó—. Seis como mucho —se corrigió Vern.

—No voy a casarme contigo. Me has engañado,

me has mentido y me acabas de secuestrar –gritó ella–. No sé qué es lo que entendéis por idilio en una familia tan disfuncional como la vuestra, pero te aseguro que no es lo mismo que yo.

Manfred levantó la mano como si fuera a abofetearla, pero Vern lo detuvo. Era la primera que Crista lo veía enfrentarse a su padre.

–No es necesario –dijo Vern.

–Hará que te escuche –afirmó Manfred.

–Tienes que casarte conmigo –insistió Vern.

Ella no contestó. Tenía los ojos llenos de lágrimas.

–Tienes dos opciones –dijo Manfred con una voz y una expresión que la intimidaron como nunca lo habían hecho–: Te casas con mi hijo y os vais de luna de miel al Mediterráneo, como habíais planeado. Se divorciará de ti enseguida.

–Y se quedará con la mina de diamantes –se atrevió a decir ella.

–Y se quedará con la mina –afirmó Manfred, a quien no pareció sorprenderle que ella lo supiera.

–¿No sabéis que lo de la mina es falso?

Los dos hombres parecieron no entender.

–No sé cómo os habréis enterado, pero mi padre es un timador. Y habrá urdido este ardid vete a saber por qué. No hay tal mina. Y, por tanto, no hay diamantes.

–Claro que la hay –afirmó Manfred con una fría sonrisa.

–Si no la hay –observó Vern en tono razonable–, no tienes nada que proteger.

–No voy a casarme contigo.

Hubiera mina o no, no iba a prometer amar y respetar a Vern. Jackson le había mostrado la verdad sobre su prometido y también sobre otras cosas, como lo maravillosa que podía ser una relación entre dos personas. A pesar del poco tiempo transcurrido y de cómo había comenzado la relación, se sentía mucho más próxima a Jackson que a Vern.

Con Jackson podía ser ella misma. A él le daba lo mismo que fuera testaruda y que discutiera. Sabía lo de su padre y no solo no se había compadecido de ella, sino que había entendido su ira y su vergüenza como ninguna otra persona. Lo echaba de menos con toda su alma. Se dio cuenta de que hubiera debido aceptar mudarse a su casa. Incluso pensó que debiera haber aceptado casarse con él.

–Eso nos lleva a la segunda opción –dijo Manfred.

Crista dejó de pensar en Jackson y volvió a tener miedo. Le apretaba la cuerda que le ligaba las manos y tenía mucho frío. Y era evidente que Manfred estaba dispuesto a que sufriera.

–Firmamos los papeles por ti.

–¿Qué papeles?

–Hans –dijo Manfred indicando al tercer hombre que estaba presente– es un buen falsificador.

–¿Los de la mina? –preguntó ella. Los firmaría. Estaba segura de que no tenía nada que perder.

–No, eso sería sospechoso –apuntó Manfred–. Hans firmará la licencia de matrimonio. Después te marcharás de luna de miel, pero te ahogarás en un trágico accidente.

Crista se quedó petrificada. ¿La estaba amenazando de muerte? Miró a Vern en busca del hombre que la había abrazado con tanta ternura. Habían bailado, se habían reído juntos y él le había propuesto matrimonio con una rodilla en tierra y un ramo de rosas, a la luz de las velas.

—No vas a tirarme por la borda —dijo ella. Le resultaba increíble.

—No hemos hecho separación de bienes —observó Vern en tono práctico—, pero sí testamento. Sería una tragedia, pero totalmente verosímil.

—Te acabo de decir que la mina no existe. Quédate con ella, me da igual. Lo que no quiero es casarme contigo.

Cuando su miedo se estaba convirtiendo en terror, se oyeron unos golpes en el almacén y el sonido de pies que corrían. Manfred se volvió mientras Vern y Hans palidecían. Vern la agarró y la puso de pie.

—¡Suéltala! —gritó Jackson.

A Crista le entraron ganas de gritar y vitorearlo. Mac también estaba allí, con un grupo de hombres. Los guardaespaldas de los Gerhard parecían atónitos.

—Suéltala —repitió Jackson al tiempo que caminaba hacia ellos.

—No te acerques —Vern lo amenazó con una pistola.

—Márchate —le previno Manfred.

—De ningún modo.

Crista fijó su atención en Jackson. Estaba agradecida de que estuviera allí y muy contenta de verlo. No sabía cómo iban a salir de allí, pero esperaba que él tuviera un plan. Intentó aflojar los nudos de la cuerda para poder estar libre cuando llegara el momento.

—Has venido por la mina, ni más ni menos —dijo Vern.

—He venido por Crista.

—¿Creíste que no lo averiguaríamos? —preguntó Vern.

—Me da igual lo que creas que sabes.

—Quiere los diamantes, igual que yo —afirmó Vern.

—No hay diamantes —gritó Crista.

—¿Le has preguntado cómo lo supo? —preguntó Vern—. Pregúntale quién lo mandó. Pregúntale por qué conoce al compañero de celda de tu padre. Pregúntale cuántas veces visitó a Trent Corday antes de secuestrarte el día de la boda.

Jackson apretó los dientes, pero no negó las acusaciones.

—¿Conoces a mi padre? —preguntó Crista.

—¿Cuál era la trato? —preguntó Vern a Jackson—. ¿Ibais a ir al cincuenta por ciento?

—Es complicado —respondió Jackson a Crista.

A ella se le cayó el alma a los pies. Al mismo tiempo, consiguió desatarse.

—¿Cuál era el plan? ¿Ibas a casarte con ella?

Crista se encogió y Jackson frunció el ceño.

—¡No me lo puedo creer! —exclamó Vern—. ¿Ya le has pedido que se case contigo? ¿Ni siquiera has podido esperar un mes, por ejemplo, hasta que las cosas se calmaran?

–La estaba protegiendo de ti.

–La estabas engañando. Su padre es el compañero de celda de tu padre –añadió Vern dirigiéndose a Crista–. Se trata de Colin Rush, el rey del esquema Ponzi. En comparación, tu padre es un charlatán de feria. Está aquí por los diamantes. Tú no le importas en absoluto.

–Cállate –gritó Jackson avanzando hacia él.

Crista se soltó de los brazos de Vern.

–Crista… –dijo Vern.

–Apártate –ella miró a su alrededor–. Apartaos todos –se acercó a Mac–. Dame las llaves de tu coche y todo el dinero que tengas.

–Eres lista –dijo Mac sonriendo.

–He aprendido algunas cosas.

–Deja que te explique –le rogó Jackson.

–¿Para que me cuentes más mentiras?

El engaño la había conmocionado. Su padre lo había mandado. Ella era un blanco fácil.

–No eran mentiras.

–¿Conoces a mi padre?

–Sí.

–¿Te envió él?

–Sí.

–¿Te habló de la mina?

–Sí, pero…

–Pues te ha engañado, igual que ha engañado a todo el mundo toda su vida. La mina no existe.

–Mac ha confirmado su existencia.

Crista soltó una carcajada.

–Cree haberla confirmado. Eso solo demuestra que mi padre le lleva la delantera.

Mac le entregó las llaves y un fajo de billetes.

–¿Qué haces? –preguntó Jackson a su amigo.

–Dejar que se vaya.

–¡No! –gritó Jackson.

Mac lo miró.

–Tienes razón –reconoció Jackson–. Tiene que irse de aquí. Norway –dijo al hombre que estaba a su lado–, dale el dinero que lleves encima –este lo hizo–. Deja el coche de Mac en la estación de autobuses –dijo a Crista–. Desparece durante unos días mientras aclaramos esto.

–Sé lo que hago –afirmó ella. Iba a desaparecer y ninguno de ellos la encontraría hasta que ella quisiera–. ¿Impedirás que Vern me siga? –preguntó a Jackson.

–Desde luego.

–Muy bien –Crista se metió el dinero en el bolsillo–. Dile a Ellie que no se preocupe.

Salió del almacén, se dirigió al todoterreno de Mac, subió y arrancó. Haría lo que le había dicho Jackson. Dejaría el vehículo en la estación de autobuses, pero después tomaría un taxi hasta la estación ferroviaria, compraría un billete con el dinero que llevaba y buscaría un hotel tranquilo y barato donde pudiera pagar en efectivo y ocultarse bajo un nombre falso.

Ya no podía confiar en Reginald, pero las Páginas Amarillas estaban llenas de abogados. Buscaría uno y daría los pasos precisos para arreglar la situación de Cristal Creations.

Se había acabado lo de depender de la ayuda ajena.

Puesto que si llamaban a la policía tendrían que dar muchas explicaciones, Jackson supuso que los Gerhard no lo harían. Y aunque le irritaba dejar que Crista se fuera sola, se aseguraría de que sacara a Vern tres horas de ventaja.

Transcurrido ese tiempo, los dos grupos cruzaron el aparcamiento mirándose con recelo hasta que se montaron en sus respectivos vehículos.

Jackson quería ir a buscar a Crista inmediatamente porque sabía que eso sería lo que haría Vern. No podía quedarse sentado a esperar que ella regresara.

—¿Y si tiene razón sobre su padre? —se preguntó en voz alta mientras el sol salía por el horizonte. Lo veía desde la ventana de la sala de reuniones de Rush Investigations.

—¿Sobre que la mina carece de valor? —preguntó Mac.

—No, eso no. Estoy convencido de que la mina es legítima, lo cual no implica que Trent no esté engañándonos de otro modo.

—¿Qué podría ser? ¿Qué es lo que se nos escapa?

Jackson repasó los hechos en voz alta.

—El problema es que tú no ves más allá de Crista —le dijo Mac cuando hubo acabado—. ¿Te das cuenta de que te has enamorado?

Jackson no iba a consentir que sus emociones interfirieran en la solución de aquel problema. Se dijo que debía calmarse, examinar el asunto con perspectiva y reflexionar. Y, de repente, lo vio claro.

–Trent miente.

Al principio, Trent había restado importancia a su culpabilidad en el compromiso matrimonial de Crista. Jackson no lo lamentaba, sino que se alegraba de que le hubiera mentido.

–¿Eso crees? –preguntó Mac.

–Estoy seguro. Los Gerhard no han amenazado con matarlo, sino que son sus cómplices.

–Eso sería propio de alguien sin entrañas: tender una trampa a tu propia hija.

Jackson silbó bajito. Todo se le iba aclarando.

–Trent habló a los Gerhard de la mina y de cómo conseguir a Crista. ¿Iban a repartirse las ganancias?

–¿Y por qué Trent no se lo contó a su hija y las repartía con ella?

–Porque Crista no quiere hablar con su padre ni se fía de él.

–Entonces, ¿por qué Trent se echó atrás en el último momento? ¿Por qué te llamó y lo complicó todo?

–Porque ellos lo traicionaron –Jackson se levantó. Estaba convencido de que tenía razón–. No recurrió a mí para ayudar a Crista, sino para vengarse de los Gerhard.

–Si es así, ¿qué va a hacer ahora?

–No lo sé. Pero ella es su moneda de cambio, por lo que necesita que vuelva a sus garras.

–Será mejor que la encontremos antes de que eso suceda –apuntó Mac.

–Y su querido padre va a ayudarnos –afirmó Jackson mientras se dirigía a la puerta. Ese canalla va a contarme todo lo que sabe.

–Te volverá a mentir –observó Mac.

–Que lo intente.

Se tardaba dos horas en llegar a la cárcel, pero Jackson lo hizo en hora y media. Por tercera vez se hallaba sentado a una mesa de la prisión frente a Trent Corday.

–¿Qué planeas ahora? –le espetó sin más preámbulos.

–¿Cómo que qué planeo?

–Con respecto a Crista. No te molestes en mentirme, ya que nadie te ha amenazado, sino que los Gerhard y tú estabais compinchados.

La expresión de asombro de Trent le indicó a Jackson que había dado en el clavo.

–Vendiste a tu hija. Todo estaba preparado desde el principio.

–Si eso es lo que te han dicho, mienten.

–¿Cómo vas a conseguir que ella vuelva?

–No sé de qué me hablas.

–¿Crees que voy a consentir que él la vuelva a secuestrar?

–¿Qué? ¿Secuestrar a quién?

–Hacerte el tonto no va a servirte de nada. ¿No sabes que, una vez casados, Gerhard no tiene motivo alguno para dejarla vivir?

–Creí que la boda se había anulado –Trent parecía confuso, pero Jackson no se lo tragó.

–Si Gerhard no va a intentar casarse con ella de nuevo, entonces, ¿qué? ¿Quién? ¿De qué tengo que protegerla?

–No tenían que hacerle daño –dijo Trent con expresión de culpabilidad.

–Claro que se lo iban a hacer. Sé que no tienes conciencia, pero no te mientas y deja de mentirme. ¿Qué va a pasar ahora?

–Nada –gritó Trent–. Ya he pensado en ello. Hay diez millones de dólares en juego, y son todos míos.

–Son de Crista.

–Ni siquiera sabe que existen.

–¿Qué plan tienes?

Era evidente que Trent no estaba dispuesto a contestarle.

–No he tenido tiempo de elaborar un plan –acabó reconociendo, cosa que Jackson creyó–. Gerhard era mi única carta. No puedo hablar con Crista. Nunca se ha fiado de mí.

–Y gracias a ti, tampoco se fía de mí, lo que dificulta enormemente mi trabajo.

–¿Qué planeas hacer?

–Lo que debiera haber hecho desde el primer momento.

–No te entiendo.

–Protegerla de los delincuentes que has puesto en su camino.

–¿Cómo?

–No es asunto tuyo. No mereces saberlo.

–No soy tan malo como crees. Me dijeron que no le harían daño. El divorcio estaba planeado desde el principio. Al no haber hecho separación de bienes, bastaría con que se divorciaran.

–¿Qué bienes tiene Gerhard?

–Está todo a nombre de su padre. No posee nada.

–De todos modos, un divorcio implicaría conceder a Crista parte de la mina. Y no estarían dispuestos a hacerlo. Has puesto su vida en peligro.

–Me dijeron que habría divorcio –afirmó Trent al tiempo que palidecía.

–Te mintieron, y eres un imbécil.

Los dos hombres se miraron fijamente durante unos segundos.

–Dime cómo vas a proteger a mi niña –rogó Trent con voz entrecortada.

–Por lo menos –apuntó Jackson–, Cristal Creations ya no está en manos de Gerhard.

–¿Es obra tuya?

–Alguien lo hizo por mí. Di a los Gerhard que no podrán encontrarla y que estará protegida las veinticuatro horas del día todo el tiempo que sea necesario.

Jackson desearía no tener que hacerlo en secreto. Quería ser sincero con Crista, formar parte de su vida, ser su vida. Estaba locamente enamorado. Le enfurecía haberse dado cuenta en una cárcel y le enfurecía aún más haberse percatado mientras se enfrentaba a aquel mal padre. La situación era totalmente injusta.

–¿Por qué? –preguntó Trent, perplejo.

–Porque tu hija se lo merece. Se merece eso y mucho más.

Jackson se levantó. Había terminado. Ya sabía la verdad, pero no le era de mucha ayuda. Debiera haber hecho más preguntas a Trent al principio. Debiera haber sospechado que no le estaba diciendo la verdad. Aunque Jackson no hubiera engañado a Crista a propósito, el resultado había sido el mismo. Su estupidez la había puesto en peligro.

Tal vez, al igual que Trent, él tampoco se la mereciera.

Capítulo Once

Crista tardó tres días en hallar una solución.

–¿Estás segura? –preguntó Ellie mientras se alejaban en coche de Rockford, donde se habían reunido.

Crista había creado una cuenta de correo electrónico anónima para comunicarse con su amiga. Cuando le envió el mensaje, Ellie se marchó de Chicago en taxi, para después tomar un tren y luego un autobús, mientras Crista se dirigía hacia allí desde un motel de Wisconsin.

–Es un sinsentido –dijo Crista–, y me ha convertido en un blanco. Aunque la mina valga algo, no la quiero.

–Pero ¿estás segura de que quieres hablar con él?

–No puede hacerme daño detrás de unos barrotes.

–Te lo ha hecho poniendo una mina de diamantes a tu nombre.

–Pero estoy a punto de remediarlo. En cuanto la mina desaparezca, lo harán Vern y Jackson –la voz le tembló al pronunciar su nombre.

Le había partido el corazón. No se había dado cuenta de lo enamorada que estaba hasta esa noche en el almacén. La ira la había sostenido durante unas horas, pero, cuando se hubo disipado, su traición la había dejado destrozada.

Jackson parecía tan inteligente, divertido y compasivo, y era tan guapo… Había comenzado a considerarlo su media naranja. La había consolado y la había hecho creer que ella realmente le importaba.

—No me refiero al dinero —observó Ellie—. Cristal Creations va a tener mucho éxito. Me refiero a que veas a tu padre, a que hables con él después de haberte manipulado para… No lo sé, pero seguro que te vas a disgustar.

—Estoy inmunizada.

Llevaba tres días enfadada con su padre, detestando a Vern y protegiéndose con una muralla frente a sus sentimientos por Jackson. Ninguno de los tres iba a seguirla alterando.

—Eso espero.

—Serán cinco minutos. Solo necesito que firme los papeles y la mina será toda suya. Podrá volverla a utilizar para otro timo. Seguro que le gusta.

—Mac dice que la mina es real.

—Mac está compinchado con Jackson.

—Es cierto. No le he contado que te has puesto en contacto conmigo.

—¿Has hablado con él desde que me marché de Chicago? —preguntó Crista, sorprendida.

—Me llama todos los días. Y vino a verme anoche.

—¿Lo viste anoche?

—Sí, bueno…

—No me digas que has pasado la noche con él.

—No sospecha nada, te lo juro. Habría sospechado si no le hubiera dejado pasar la noche en casa.

—¿Vas en serio con él?

—No exactamente. No dejo de pensar que uno de los dos perderá interés. Y cuando Jackson y tú rompisteis…

—No rompimos porque no había relación alguna que romper. Me estaba engañando.

—Mac tiene un gran concepto de Jackson.

—Es su socio. Probablemente fueran a repartirse los diamantes.

—Has dicho que no hay diamantes.

—Todos creen en su existencia. En caso contrario… —Crista tragó saliva. Detestaba que todos los recuerdos de Jackson le hicieran daño—. Lo superaré. Ya lo he superado. Reginald y mi abogado dicen que la empresa de las Bahamas va a darme carta blanca para dirigir Cristal Creations. Para ellos, solo es una inversión. Y están dispuestos a tener paciencia hasta que se produzcan beneficios.

—Me alegro mucho.

—Yo también —Crista tenía mucho que agradecer. Se había librado de Vern, se había dado cuenta de cómo era en realidad Jackson antes de que fuera tarde y estaba a punto de romper el último vínculo con su padre. Después, sería una mujer libre y podría empezar una nueva vida.

Una alambrada apareció ante su vista. Un edificio de piedra oscura se erguía detrás de ella. Crista pensó, por primera vez, en lo que sería estar encerrado en aquella prisión y se estremeció.

–¿Quieres que vaya contigo? –preguntó Ellie.

–No puedes. Tenías que haberles dado tu nombre con antelación –debía hacer aquello sola, aunque le hubiera gustado que Ellie la acompañara para darle apoyo moral.

–No tardaré –dijo mientras aparcaba. Agarró un sobre del asiento trasero.

–¿Llevas un bolígrafo?

–Sí.

–Tu padre va a sorprenderse.

–Se quedará atónito –Crista abrió la puerta del coche–. Enseguida vuelvo.

Anduvo hasta el edificio y dio su nombre a un guardia. Le registraron el bolso y una guardia la cacheó. Dos funcionarios le indicaron un largo y oscuro pasillo que olía a pescado y desinfectante.

Estaba resuelta a no mostrar compasión alguna por su padre, ya que era culpable. Sin embargo, como ser humano, se compadecía de cualquiera que estuviera encerrado allí. Tenía ganas de salir corriendo.

Por fin llegó a una puerta que conducía a una sala más iluminada, con mesas y taburetes. Reconoció a su padre inmediatamente. Había envejecido desde la última vez. Tenía el cabello gris, la piel amarillenta y los hombros más caídos de lo que recordaba.

Cuando la vio, la miró con los ojos muy abiertos por la sorpresa. Se agarró a la mesa y se levantó lentamente.

–¿Crista?

Ella se dirigió hacia él con paso decidido.

–Crista –repitió al tiempo que esbozaba una sonrisa.

–Necesito tu firma.

–No me puedo creer que estés aquí.

–No voy a quedarme. Sé lo de la mina.

Él le hizo un gesto para que se sentara. Ella vaciló, pero lo hizo.

–Sé lo de la mina –repitió.

–Me lo dijo Jackson.

–Los dos sabemos que no vale nada, pero has convencido a algunos de que tiene valor.

–Lo tiene.

–Claro. Parece que te olvidas de quién soy.

–Pero…

–Tu último chanchullo me ha puesto en peligro. Vern me ha amenazado con matarme y creo que va en serio.

–¿Qué? –su padre la miró asustado.

–Por favor, ahórratelo.

–No era mi intención…

–No intentes seguirme engañando. Soy tu hija. Necesito una cosa de ti y, después, desapareceré de tu vida para siempre.

–¿Qué necesitas? –preguntó él con voz ronca.

–Un abogado me ha redactado esto –dijo ella sacando los papeles–. Te transfiero las acciones de la mina Borezone. Los dos sabemos que carece de sentido, pero si hay alguien que cree que hay diamantes, o si consigues convencer a alguien más de su existencia, irán a por ti, no a por mí.

–La mina tiene valor –afirmó su padre al tiempo que intentaba agarrarle la mano, que ella apartó–. Que lo compruebe tu abogado. Al precio actual, tus acciones valen decenas de millones.

–Ya –se burló ella mientras se preguntaba por qué él seguía actuando.

–Compruébalo –repitió él con sinceridad–. Prométeme que lo harás, y así entenderás lo que estoy a punto de hacer.

–¿Qué estás a punto de hacer?

Él le quitó los papeles de las manos y sonrió mientras los miraba. ¿Iba a firmarlos? Los leyó hasta el final, tachó su nombre y escribió algo.

–Jackson Rush estuvo aquí hace tres días. Dijo algo… Bueno, dijo muchas cosas, pero me recordó algo que había olvidado hace tiempo.

Ella le examinó el rostro, resuelta a no reaccionar.

–Me recordó que ser tu padre significa algo, que debo cuidarte.

Crista no se lo creyó.

–¿Qué has escrito?

–También me demostró quién era él y cómo era. Es sincero, una persona íntegra y de principios.

–No sigas –Crista no se creyó ni una palabra, pero sintió una fuerte opresión en el pecho.

–No voy a aceptar las acciones de la mina, pero tienes razón: tú tampoco puedes quedarte con ellas, ya que te ponen en peligro. Cuando las puse a tu nombre, no sabía que aumentarían de valor.

–No tienen…

–Confirmarás su valor más allá de toda duda. Y después me creerás cuando te digo que no volveré a hacer nada que pueda hacerte daño.

Ella no quería creerle, pero no entendía su postura. Si las acciones no valían nada, lo averiguaría. Si tenían valor, ¿por qué su padre no quería quedarse con ellas?

–¿Qué has escrito? –preguntó de nuevo.

–He tachado mi nombre y lo he sustituido por el de Jackson Rush.

Crista lo miró con la boca abierta.

–Puedes fiarte de él.

Ella negó con la cabeza. No podía ni se atrevía a hacerlo.

–Confía en él –insistió Trent–. Ya sabes que los Gerhard han dejado de poseer Cristal Creations.

¿A qué venía aquello? ¿Cómo lo sabía su padre?

–Fue Jackson quien lo consiguió.

Ella lo miró intentando descifrar si le estaba diciendo la verdad o la engañaba.

–Eres inteligente –prosiguió él–. Y tienes razón en no querer quedarte con las acciones. Dáselas a Jackson. Es la única persona en la que yo confiaría.

–Te las devolverá o las repartirá contigo.

–Entonces, ¿por qué no me quedo ahora mismo con ellas? –preguntó su padre sonriendo.

Ella no supo qué contestarle.

–Engañé a Jackson y utilicé a su padre. Le dije que estabas en peligro a causa de los Gerhard y me fié de sus principios para que te sacara del aprieto. Te ayudó porque es honrado y digno de confianza. Confía en él, Crista. Es tu mejor y única carta.

No conserves las acciones ni un minuto más de lo necesario –volvió a meter los papeles en el sobre–. Ni siquiera tienes que creerme, ya que lo comprobarás por ti misma.

Crista no sabía qué decir ni qué hacer.

–Entenderé que no quieras volver a saber nada más de mí –dijo Trent–. Pero espero que un día puedas perdonarme y vengas a verme –se le llenaron los ojos de lágrimas–. Que vengas a contarme cómo estás y cómo te van las cosas.

Crista comenzó a sentir compasión por su padre, lo cual era un problema. A pesar de lo mucho que había intentado que no fuera así, Trent había vuelto a conmoverla. Agarró el sobre y se dirigió a la puerta a toda prisa.

No se recuperó hasta haber llegado al aparcamiento. Se detuvo y respiró hondo.

–¿Crista? –Ellie se bajó del coche y la llamó.

–Ya voy –la saludó con la mano al tiempo que echaba a andar.

Ellie se encontró con ella a medio camino.

–¿Qué ha pasado?

–Ha sido todo muy raro.

–¿Estás bien? ¿Por qué ha sido raro?

–No ha querido firmar –le explicó Crista mientras se aproximaban al coche–. Llévaselo a Jackson –entregó el sobre a Ellie–. Dile que lo firme y que pida a Reginald que lo lleve a un notario. Estoy harta de esa mina.

–¿Cómo que se lo lleve a Jackson? –Ellie se detuvo ante la puerta del copiloto y miró a Crista por encima del techo del coche.

179

–Te va a parecer una locura, pero mi padre dice que confíe en Jackson. No quiere las acciones y está de acuerdo en que yo no me quede con ellas, así que quiere que se las ceda a Jackson.

–Mac confía en él, y yo confío en Mac.

–Entonces, todos de acuerdo.

–¿Estás enfadada conmigo por decirte que me fío de Mac?

–No –respondió Crista suspirando–. Estoy confusa y demasiado cansada para descifrar la verdad. ¿Sabías que Jackson está detrás de la empresa de las Bahamas que ha comprado Cristal Creations?

Ellie la miró, perpleja.

–Por motivos que se me escapan, Jackson ha conseguido arrebatar Cristal Creations a Vern. Lo ha organizado todo para que yo pueda dirigir mi propia empresa. No sé por qué lo habrá hecho.

–Pregúntaselo.

–No puedo.

–Claro que puedes.

–Si tengo razón sobre él, no quiero volver a verlo. Si estoy equivocada, dudo mucho que él quiera verme.

–No es verdad.

–Llévale los papeles y acabemos de una vez.

Crista abrió la puerta del coche. En dos días, como mucho, se vería libre de la mina Borezone y podría, por fin, volver a trabajar y olvidarse de Jackson.

***

Jackson examinó el acuerdo de transferencia de propiedad de las acciones de la mina Borezone.

—¿Dónde está el truco?

—No lo hay —contestó Reginald.

—¿Crees que el padre de Crista ha cambiado de verdad? —preguntó Mac.

—Crista no cree que las acciones tengan valor alguno —observó Ellie.

Jackson levantó la vista y los miró a los tres.

—Pero sabemos que valen millones. No puedo aceptarlas —empujó los papeles sobre la mesa de su despacho en Rush Investigations.

—Así protegerás a Crista —afirmó Mac.

—Y ella quiere que te quedes con las acciones —apuntó Ellie.

—Y puedes emplearlas en beneficio de ella —observó Reginald.

—No es lo mismo —dijo Jackson—. Son de Crista. Tiene derecho a tenerlas, a venderlas…

—O a regalarlas —apuntó Mac.

—Pero no a mí.

—Entonces, ¿a quién? Propón otra solución. ¿Qué va a hacer Crista? ¿Quedarse sentada a esperar que vuelva Vern?

—Si no le hubieras mentido —se quejó Ellie.

—Decir eso no es de gran ayuda —le reprochó Mac.

—Ellie tiene razón —afirmó Jackson—. Pero me pareció que no tenía más remedio. Si hubiera ido con la verdad por delante, ella habría huido de mí y Gerhard la hubiera convencido de que volviera con él.

—Tal vez —concedió Ellie.

–Debiéramos habernos ido a Las Vegas. Era el mejor plan.

–¿Quieres que llame a Tuck? –propuso Mac.

–Buena idea –dijo Jackson riéndose–. Podría volver a secuestrarla.

–Yo no la secuestraría –dijo Ellie–, pero intentaría convencerla.

–No voy a convencerla. Ni siquiera lo voy a intentar –Jackson la amaba y no estaba dispuesto hacerla sufrir más.

–Por su propio bien –observó Ellie.

–De ningún modo.

–Niégate a firmar los papeles.

–Ya lo he hecho –dijo Jackson.

–Proponle, en lugar de ello, que se case contigo.

–Ya lo hice y me rechazó tajantemente.

–¿Le dijiste que la querías? –preguntó Ellie.

–No vayas a negarlo –apuntó Mac.

–Creo que ella ya lo sabe.

Todos se habían dado cuenta. Empezaba a creer que llevaba un anuncio luminoso que lo proclamaba.

–Cree que estás enfadado con ella –le explicó Ellie.

–¿Por qué iba a estarlo?

–Por negarse a confiar en ti.

–Eso demuestra su buen juicio –observó Mac, y Jackson lo miró con cara de poco amigos.

–Lo digo en serio –prosiguió Ellie–. Teme que no la perdones.

–No hay nada que perdonar –¿por qué iba a

preocuparle a Crista que él la perdonara o la dejara de perdonar?–. ¿Me estás diciendo…?

–No sé nada con certeza –respondió Ellie.

Pero era evidente que ella sospechaba que Crista sentía algo por él.

–¿Dónde está?

–En Wisconsin. Puedo conducirte hasta ella.

–¿En Wisconsin?

–Lejos de Vern Gerhard.

–Voy a llamar a Tuck para que vaya preparando el avión –dijo Mac.

Jackson estuvo a punto de protestar. Tuck ya había hecho bastante. Sin embargo, calculó el tiempo que se ahorraría y decidió que merecía la pena pedírselo. Tuck siempre podía negarse.

–¿Solo hasta Wisconsin o hasta Las Vegas?

Jackson sonrió. La persuasión, e incluso el secuestro, comenzaban a parecerle buena idea.

–Hasta Las Vegas.

Crista estaba en la habitación del motel consultando el correo electrónico con la esperanza de que le llegara un mensaje de Ellie. Ya tendría que haber llevado los papeles a Jackson y él ya los debiera haber firmado. Seguro que estaba enfadado con ella, pero Crista sabía que había tratado de ayudarla. Era indudable que estaría dispuesto a hacer aquella última cosa por ella.

Llamaron a la puerta y se sobresaltó.

El estómago se le contrajo, pues lo primero que pensó fue que sería Vern. ¿La había seguido desde

Chicago? O tal vez hubiera amenazado a Ellie y la hubiera obligado a revelar su paradero.

Volvieron a llamar.

Crista se levantó. La cadena de la puerta estaba echada, pero no dudaba que los guardaespaldas de Vern la romperían. Podía decirle que Jackson era el nuevo dueño de las acciones, pero carecía de pruebas, por lo que lo más probable era que no la creyera.

Comenzó a retroceder para encerrarse en el cuarto de baño y llamar a la policía.

—¿Crista? Crista, soy yo, Jackson.

Una oleada de alivio la recorrió de los pies a la cabeza.

—Abre la puerta.

—¿Jackson? —ella corrió hacia la puerta—. ¿Jackson?

—Ellie me ha dado los papeles. Ella y Mac se han quedado en el coche.

—¿Ellie está aquí?

—Sí.

Todo estaba bien. Vern no la había encontrado y ella no tenía miedo de Jackson. Debía de haber firmado los papeles y tal vez hubiera venido a darle una copia.

Quitó la cadena con manos temblorosas y abrió la puerta.

Allí estaba Jackson, que le sonreía. Ella se alegró inmensamente de verlo.

—Hola —consiguió decir.

—Hola.

—¿Puedo entrar?

–Sí –ella se echó a un lado.

–Tengo que hablar contigo.

–Muy bien –cerró la puerta cuando él hubo entrado.

Después se volvió hacia él, que no parecía enfadado en absoluto y estaba tan sexy como siempre.

–¿Los has firmado? –preguntó ella, feliz de que todo aquello hubiera acabado. Quería abrazarlo.

–No.

–¿Cómo?

–No los he firmado.

–¿Por qué?

–Porque no quiero tu mina de diamantes, Crista.

–Pero se trata de una mera formalidad. ¿Por qué te niegas a firmarlos?

¿Todo lo que él le había dicho era mentira? ¿Ella no le importaba en absoluto? ¿Estaba tan enfadado con ella que iba a dejarla sola frente a Manfred y a Vern?

–¿Quieres darme las acciones solo a causa de los Gerhard?

–Sí, si no son mías, me dejarán en paz.

–Es cierto.

–Entonces, ¿qué problema hay?

–El problema es que mi primer acuerdo sigue en pie.

–¿Habías llegado a un acuerdo con mi padre?

–No, contigo.

Ella no respondió porque aquello le resultaba un acertijo.

–El trato era –le explicó él– que te mantendría

185

a salvo de los Gerhard casándome contigo en Las Vegas.

—¿Es una broma?

—Pero creo que no me expresé con claridad.

Ella cada vez lo entendía menos.

—Pues a mí me resultó muy claro —se casaban y frustraban el plan de Vern.

—No —Jackson negó con la cabeza y se aproximó a ella—. No me expresé con claridad porque tenía que haberte dicho que te quiero. ¿Quieres casarte conmigo y que pasemos juntos lo que nos queda de vida? Hagámoslo en Las Vegas, porque no puedo esperar ni un minuto más a que seas mi esposa.

El rostro de Jackson se le volvió borroso porque a Crista se la habían llenado los ojos de lágrimas.

—¿Qué has dicho? —preguntó con voz ronca—. ¿No estarás bromeando?

—No bromeo —respondió él al tiempo que tomaba su rostro entre sus manos—. No he hablado más en serio en toda mi vida.

—Porque… —la voz de ella se quebró—. Porque no podría soportar que estuvieras bromeando.

—Créeme, Crista. Te amo con todo mi corazón —la besó larga y apasionadamente.

—Te quiero —dijo ella, sin aliento—. Y me casaré contigo en Las Vegas o donde quieras.

Él la abrazó y ella se apretó contra su cuerpo.

—¿Me quieres? —preguntó él.

—Más que eso. Confío en ti. Te confío mi corazón, mi alma y mi vida.

—Y los diamantes —dijo él con voz risueña—. Los diamantes son reales.

–No lo son –¿cuántas veces tendría que repetirlo?

–Tal vez te lo creas cuando comiences a hacer joyas con ellos.

–Tal vez.

–Mientras tanto, mi amigo Tuck nos espera en el aeropuerto con su jet.

–¿Así que tu amigo Tuck tiene un jet?

–Le he dicho que podría ser el padrino.

–¿Y has traído a Ellie para que sea la dama de honor?

–La he traído, aunque no sé qué haréis con el asunto de los vestidos y las flores.

–Hay tiendas en Las Vegas.

–Claro. Y seguro que allí podemos encontrar cualquier cosa que nuestro corazón desee.

Ella apoyó la cabeza en su hombro sintiendo el calor de su cuerpo.

–Lo único que mi corazón desea eres tú.

–Me alegra inmensamente oírlo –contestó él mientras la acunaba.

La puerta de la habitación se abrió.

–¿Nos vamos a Las Vegas? –preguntó Ellie.

Crista sonrió.

–Nos vamos a Las Vegas.

–Tenéis más o menos una hora antes de la boda –dijo Jackson–. Sugiero que os vayáis de compras.

–Necesitarás un vestido –dijo Ellie mirando a Crista.

–Tú también –afirmó Mac pasándole el brazo por la cintura–. Algo provocativo. Siempre me han atraído las damas de honor.

–Espero que a ti te atraigan las novias –susurró Crista a Jackson.

–Me atrae una en concreto –susurró él a su vez–. Desde el momento en que la vi supe que tenía que ser mía.

–Pero esta vez –dijo ella sonriéndole– será mi vestido y mi boda. Pero contigo Jackson. Para siempre.

Bianca

**El arrogante príncipe tendría que usar todos
los trucos a su disposición para seducirla,
someterla y convertirla en su princesa**

«Estoy embarazada». Esas
dos sencillas palabras ame-
nazaban la secreta vida he-
donista del príncipe Raphael
de Santis, ponían en peligro
a toda una nación y lo ataban
de por vida a una camarera.
Con objeto de evitar otro es-
cándalo internacional después de su compromiso frus-
trado con una joven europea
de alta alcurnia, Raphael no
tendría más remedio que con-
traer matrimonio con su joven
amante estadounidense.
Pero la dolida Bailey Harper
no estaba dispuesta a aceptar tal honor.

LA AMANTE SEDUCIDA
POR EL PRÍNCIPE

MAISEY YATES

Acepte 2 de nuestras mejores novelas de amor GRATIS

¡Y reciba un regalo sorpresa!

Oferta especial de tiempo limitado

Rellene el cupón y envíelo a
Harlequin Reader Service®
3010 Walden Ave.
P.O. Box 1867
Buffalo, N.Y. 14240-1867

¡Sí! Por favor, envíenme 2 novelas de amor de Harlequin (1 Bianca® y 1 Deseo®) gratis, más el regalo sorpresa. Luego remítanme 4 novelas nuevas todos los meses, las cuales recibiré mucho antes de que aparezcan en librerías, y factúrenme al bajo precio de $3,24 cada una, más $0,25 por envío e impuesto de ventas, si corresponde*. Este es el precio total, y es un ahorro de casi el 20% sobre el precio de portada. !Una oferta excelente! Entiendo que el hecho de aceptar estos libros y el regalo no me obliga en forma alguna a la compra de libros adicionales. Y también que puedo devolver cualquier envío y cancelar en cualquier momento. Aún si decido no comprar ningún otro libro de Harlequin, los 2 libros gratis y el regalo sorpresa son míos para siempre.

416 LBN DU7N

Nombre y apellido	(Por favor, letra de molde)	
Dirección	Apartamento No.	
Ciudad	Estado	Zona postal

Esta oferta se limita a un pedido por hogar y no está disponible para los subscriptores actuales de Deseo® y Bianca®.
*Los términos y precios quedan sujetos a cambios sin aviso previo.
Impuestos de ventas aplican en N.Y.

SPN-03   ©2003 Harlequin Enterprises Limited

Bianca

Su plan para seducir a su bella oponente contribuyó a que el acuerdo resultara todavía más dulce

El magnate Massimo Sforza aprendió desde muy pequeño que las emociones eran para los débiles. Disfrutaba aplastando a sus oponentes en la sala de juntas tanto como de las muchas mujeres que pasaban por su cama. Pero su nueva rival no se parecía a nadie que hubiera conocido con anterioridad…

La jardinera de espíritu libre Flora Golding era lo único que se interponía entre Massimo y la adquisición del impresionante *palazzo* italiano en el que ella se escondía. No contaba con que la pasión de Flora emborronaría la línea vital que separaba los negocios del placer…

FLORES Y LÁGRIMAS

LOUISE FULLER

Atados por el destino
Tracy Wolff

La tórrida noche de pasión que tuvo Nic Durand con una misteriosa belleza debía haber sido tan solo algo temporal, hasta que ella se convirtió en una reportera que amenazó su negocio con un artículo demoledor. Descubrió también que ella estaba embarazada, por lo que Nic decidió que no podía dejarla marchar. Cuidar de su heredero suponía cuidar también de su amante y, posiblemente, perder el corazón…

El magnate de los diamantes había dejado embarazada a su mayor enemiga…

SEP 0 7 2017

¡YA EN TU PUNTO DE VENTA!